TITAN +

Collection dirigée par
Marie-Josée Lacharité

De la même auteure

Adulte

Marcher pieds nus sur nos disparitions, Les Éditions David, 2009 (poésie).

Il est venu avec des anémones, Éditions Québec Amérique, Collection Littérature d'Amérique, 2009 (roman).

Le Bruit des oranges, Éditions Québec Amérique, Collection Littérature d'Amérique, 2007 (roman).

La patience des cerfs-volants suivi de *Le bruissement des cendres*, Les Éditions David, 2007 (poésie).

Tout ce blanc près de l'œil, Les Éditions David, 2006 (haïkus).

Dans l'infini du rouge, Le Loup de Gouttière, 2002 (poésie).

La nuit fait semblant de mourir, Le Loup de Gouttière, 2000 (poésie).

Agenouillée dans vos bouches, Le Loup de Gouttière, 1999 (poésie).

Une dernière pomme en septembre ou ailleurs, Le Loup de Gouttière, 1997 (poésie).

Les soifs multipliées, Le Loup de Gouttière, 1994 (poésie).

Jeunesse

Le petit soleil amoureux, Le Loup de Gouttière, coll. Les petits loups, 2000.

Autres

Poèmes et nouvelles parus dans une quarantaine de collectifs (STOP, Arcade, Estuaire, Moebius, Exit, etc.).

Poèmes affichés dans le métro à Montréal dans le cadre de l'événement POÉSIE DANS LE MÉTRO en 2003 et en 2005.

Poèmes affichés dans les autobus de la ville de Trois-Rivières en août 2001.

La Nuit
Woolf

Catalogage avant publication de Bibliothèque et Archives nationales
du Québec et Bibliothèque et Archives Canada

Richard, Lyne
La nuit Woolf
(Titan; 83)
ISBN 978-2-7644-0671-7
I. Titre. II. Collection: Titan jeunesse; 83.
PS8585.I146N84 2009   jC843'.54   C2008-942463-8
PS9585.I146N84 2009

Conseil des Arts   Canada Council
du Canada   for the Arts

SODEC
Québec ::

Nous reconnaissons l'aide financière du gouvernement du Canada
par l'entremise du Programme d'aide au développement de l'industrie
de l'édition (PADIÉ) pour nos activités d'édition.

Gouvernement du Québec – Programme de crédit d'impôt pour
l'édition de livres – Gestion SODEC.

Les Éditions Québec Amérique bénéficient du programme de subvention
globale du Conseil des Arts du Canada. Elles tiennent également à
remercier la SODEC pour son appui financier.

Québec Amérique
329, rue de la Commune Ouest, 3e étage
Montréal (Québec) H2Y 2E1
Téléphone: 514 499-3000, télécopieur: 514 499-3010

Dépôt légal: 1er trimestre 2009
Bibliothèque nationale du Québec
Bibliothèque nationale du Canada

Révision linguistique: Diane-Monique Daviau et Diane Martin
Mise en pages: Andréa Joseph [pagexpress@vidoetron.ca]
Conception graphique: Isabelle Lépine

Imprimé au Canada

Lyne Richard

La Nuit Woolf

QUÉBEC AMÉRIQUE Jeunesse

À mes filles, Marie-Émilie
et Alexandra, pour l'adolescence
et pour l'amour

À Marie-Josée, pour m'avoir tenu
la main en fin de parcours

Le vertige

Je n'ai jamais eu d'amoureux sérieux, juste des petites histoires de quelques jours. Des baisers, quelques caresses sont inscrits dans ma mémoire. J'ai vu deux copines ravagées par des peines d'amour et ça me fait un peu peur. Je préférerais me tenir loin du grand amour.

Mais… Antoine, c'est assurément le plus beau gars que j'ai jamais vu de ma vie.

Ce soir, je porte une vieille chemise indienne qui appartenait à ma mère, et mon jeans, à taille basse, laisse voir mon anneau. J'ai profité d'une sortie avec une amie et sa mère – mon amie se faisait percer le nombril

– pour en faire autant, vu qu'ils exigeaient la présence d'un adulte. Quand ils ont vu mon nombril, mes parents étaient furieux. Ma sœur B, la gentille fifille à papa et maman, m'a fait un sermon digne d'un prof de morale.

— Comment veux-tu être toi-même si tu ressembles à mille autres filles !

Ce qu'elle peut m'énerver ! Toujours serviable et infatigable. Toujours là à jouer ma deuxième mère, alors qu'une, c'est parfois même de trop…

C'est la première fois que mon cœur bat si vite en présence d'un gars. J'ai l'impression qu'il n'y a plus personne autour de moi. Ma canette de bière me glisse des mains et mon estomac, soudain changé en boa constricteur, me coupe le souffle. Aussitôt qu'Antoine se dirige vers le frigo, je m'approche de Ludivine, ma meilleure amie, et je lui dis, tout excitée :

— Ludi, d'où tu le sors, ce cousin-là ?

— Il vient de déménager à quelques rues d'ici. J'ai cru que ça serait bien de l'inviter ce soir, vu que c'est ta fête. Pour qu'il connaisse du monde, tu vois. Beau mec, hein ? dit Ludi avec l'air d'une fille qui aimerait bien qu'Antoine ne soit pas son cousin.

Je lui dis, avec plein de fébrilité dans la voix :

— Beau, c'est pas le mot. Il donne envie de renoncer au célibat ! Il a des yeux à faire dégeler un iceberg ! Tu me le présentes ?

Antoine porte un grand chandail marine et des pantalons kaki. Ses cheveux sont rasés jusqu'aux tempes, et sur le dessus de sa tête, des couettes rebelles s'en vont dans toutes les directions, soutenues par du gel. Il a des mèches bleues et ça accentue le noir de ses yeux. Bateau qu'il est beau !

Poignée de mains, sourires embarrassés, je crois bien que ma dernière heure est arrivée. Comment un cœur peut-il supporter la vitesse extrême de ces battements-là ? Je vais me le demander longtemps.

Un peu plus tard, assis sur le divan, nous écoutons Hendrix sur un vinyle que Ludi a emprunté à son père.

— De la musique de vieux croûton mais j'adore ! s'exclame Ludi.

— Je te trouve très belle, murmure Antoine de sa voix un peu éraillée.

Il a les yeux d'un Mexicain, avec plein de velours dedans, et ça me trouble comme ce n'est pas possible.

Antoine met sa main sur mon cou, relève mes cheveux et fait glisser doucement ses doigts sur ma nuque. Une chaleur part de ma nuque et descend jusqu'à mon ventre, laissant sur son chemin une multitude de sensations jamais éprouvées. Je n'ai qu'une envie, laisser ma tête glisser sur son épaule et l'embrasser, l'embrasser jusqu'à la fin des temps.

C'est la fin de la soirée et Antoine m'annonce qu'il me raccompagne. Nous laissons d'abord Ludivine chez elle, et il vient me reconduire jusque chez moi. Je jette des regards aux étoiles. Que faire d'autre quand on ne sait plus où mettre les mains, les yeux, tout son corps, quand tout ce corps devient trop embarrassant parce qu'il y a dans l'air quelque chose de plus grand, quelque chose d'inconnu qui fait peur et qui éblouit en même temps ?

Après avoir échangé nos numéros de téléphone, il murmure «Bonne nuit, belle Virginia…», si bas qu'il faut que je m'approche de lui pour le faire répéter. Si près de lui qu'il n'a qu'à tendre la main vers ma nuque et la saisir doucement, prendre mes lèvres et les goûter et m'obliger à courir vers ma maison, troublée, émue.

Mes parents m'attendent au salon. Bien sûr, ils sont déçus. C'est la première fois que je ne soupe pas avec eux à mon anniversaire et puis «Tu vas être fatiguée demain» et puis «T'aurais pu appeler pour que j'aille te chercher» et puis «seize ans, c'est pas dix-huit!» et puis «MERDE LAISSEZ-MOI VIVRE!».

▲▼▲

Une semaine qu'Antoine met à me rappeler. Une semaine à être lunatique, des jours d'attente, de sautes d'humeur.

— Alors, tout va bien sur la planète Virginia?

Très drôle pa Falardeau, très très drôle.

Puis, le samedi soir, un appel, enfin.

— Tu fais quoi, là ?

— Oh, je lis.

Surtout ne pas laisser deviner l'attente, surtout pas !

— Tu lis quoi ?

— Euh… *Poésies complètes* d'Émile Nelligan.

Se montrer différente, qu'il ait l'impression d'être tombé sur la perle rare.

— Hum… Émile Nelligan… c'est le poète de la vitre givrée ! dit-il d'un ton taquin. Virginia, j'ai bien aimé ma soirée jeudi dernier. Surtout les dernières minutes…

— …

— Je disais donc, j'ai bien aimé ma soirée, jeudi dernier, SURTOUT LES DER-NIÈRES MINUTES !

— J'ai bien entendu, Antoine, j'ai bien entendu.

Lui faire croire que ce silence est de l'indifférence et non un trouble.

— Ça te tente qu'on se voie, là, tout de suite ? demande-t-il, un peu gêné.

— Je ne sais pas trop…

Faire la fille au-dessus de ses affaires, ne pas devenir dépendante affective comme tante Catherine.

— Virginia ? On pourrait louer un film et le regarder chez toi, qu'est-ce que t'en dis ?

— D'accord. Prends le film en passant, je veux pas de violence ! Il y a un club vidéo à deux minutes de chez toi, tu tournes à gauche à…

— Oui, je sais. J'y vais tout de suite ! À tantôt !

Dans la voix d'Antoine, il y a un rire et ça me fait du bien.

Je me regarde dans le miroir. Qu'est-ce que je peux être différente de ma sœur ! B, elle est… comment dire… *standard*. Cheveux plats coupés aux épaules, vêtements plutôt classiques. B est à la limite de la monotonie. Elle aime le beige et les couleurs de la terre… Moi, j'ai les cheveux longs avec des mèches rouges, parfois des mauves, parfois des vertes. Je fouille les friperies à la recherche de vêtements colorés et je suis à la limite de la mélancolie.

Je me suis parfumée avec une crème pour le corps à la vanille. J'ai mis quatre fois du déodorant, j'ai brossé mes dents avec de la petite vache et du dentifrice, je me suis gargarisée et j'ai passé la soie dentaire. J'ai camouflé un bouton avec du fond de teint, mis du mascara mauve et tracé une ligne noire sur mes paupières avec du khôl. Je me suis fait des tresses, j'ai mis mon t-shirt vert avec l'inscription *Sauvons la terre*, mes espadrilles roses et mon jeans préféré. Je me regarde sous tous les angles, je fais des grimaces au miroir, j'articule des A, E, I, O, U comme maman pour détendre mes traits, je sors ma poitrine et je souris.

Nous sommes seuls à la maison. Mes parents sont partis avec mon petit frère et B est chez son amoureux. Aussi beige qu'elle.

Assise à l'extrémité du sofa alors qu'Antoine est à l'autre bout, je me tripote les doigts pendant qu'il me questionne sur ma famille. J'ai tellement peur d'un contact physique, et en même temps j'en ai tellement envie, que je parle, je parle comme si j'avais bu trois cafés d'affilée :

— Mes parents se sont connus à l'université dans un comité pour la défense de la langue française. Ma mère étudiait l'histoire et mon père, la littérature. Ils ne se sont jamais quittés depuis. D'ailleurs ils enseignent dans la même institution. Ça fait contraste avec mes amies dont les parents sont presque tous divorcés. Mes parents s'aiment, je suppose que je suis chanceuse, dis-je en haussant les épaules.

Je me lève et je vais fermer les stores. Le salon est plus sombre, alors j'allume une petite lampe près du sofa. Antoine me regarde affectueusement avec un brin de malice dans les yeux. Je reprends :

— Ma sœur aînée s'appelle Barbara, comme la chanteuse française, et il ne faut surtout pas le prononcer à l'anglaise, genre *Barbra*, sous peine de voir mon père faire une véritable crise d'urticaire. La défense de la langue, chez nous, tient du combat de gladiateurs : jusqu'à la mort ! En tout cas, ma sœur, moi, je l'appelle B. Elle est chanceuse d'être une fille, parce qu'à l'époque ils auraient appelé leur garçon Georges. Georges ! c'est pas possible ! Georges pour Moustaki, encore un autre qui chante souvent chez nous et qui me permet de m'endormir avec sa *voix de pâtre grec*.

Je lui chantonne un petit bout car il ne connaît pas le Georges en question. Antoine se déplace un peu vers moi. Dans ma poitrine il y a comme un crapaud qui saute. Puis je continue mon babillage:

— Mon petit frère aussi l'a échappé belle. Il a cinq ans. Pour lui, ç'a été une vraie bataille entre mon père et ma mère. Finalement, ils ont gagné tous les deux en choisissant un prénom composé qui avait l'avantage de porter à la fois un choix de maman et un choix de papa. Il s'appelle Thomas-Denys. Thomas pour Thomas-Marie-Chevalier De Lorimier, personnage célèbre de notre histoire, qui a été pendu pour avoir participé à l'insurrection de 1837, et Denys, pour le poète Saint-Denys Garneau.

Essoufflée, je m'arrête et j'offre à Antoine quelque chose à boire. Il me regarde calmement et dans ses yeux, il y a une petite tendresse qui s'installe:

— Un jus d'orange, si tu en as, belle Virginia.

Quand je me rassois sur le sofa, il s'approche, défait mes tresses et me demande, en m'effleurant la joue avec ses doigts :

— Et toi, ton prénom ?

Woolf est la seule chose que je réussis à articuler.

Qu'est-ce que c'est que ce film, je n'en ai pas la moindre idée. J'entends les acteurs parler mais je ne vois rien des images, sauf l'avion qui décolle dans les premières minutes. On s'embrasse comme des fous pendant deux heures, c'est merveilleux, je ressens tant de choses ! Je ne veux plus qu'il parte, je nous vois main dans la main à l'école dans quelques jours, je nous imagine dans notre futur appartement. Son prénom dessine mon avenir, tout est plein de lui !

Et j'espère que c'est réciproque !

▲▼▲

— Tu te rends compte ! j'ai un amoureux ! dis-je à Ludivine pendant qu'on fouine dans une friperie. Une chance qu'on est revenus plus tôt de l'Anse-aux-Coquillages cette année, sans ça tu n'aurais pas pu m'organiser un party de fête chez vous !

— C'est tellement plate que tu partes tous les étés ! dit Ludivine en faisant la moue. En plus, dans cette espèce de trou à rats ! De toute façon, l'été prochain, t'auras pas besoin d'y aller, on va travailler !

— Ouais… mais j'aime ça là-bas. Il y a une certaine liberté… à cause du paysage, je suppose. On lit, on écrit. Tu connais pa ! Chaque été, il installe des cartons sur les murs de nos chambres. On met des pensées, des colères, des extraits de livres. Ma mère garde tout ça dans des boîtes au sous-sol, chez nous. Et puis on se baigne, on ramasse des coquillages, des roses pour ma mère…

— Moi, ça me ferait mourir ! Depuis que j'ai vu les photos de ta chambre, je t'imagine quasiment en train de mener une vie de moine quand t'es là-bas.

— C'est sûr que la chambre est modeste ! Un vieux lit en pin, une armoire et une table ancienne. Tandis qu'ici, j'ai plein d'affiches, des disques partout, une chaîne stéréo, la télé, mon ordi ! Mais, comme dit ma mère, plus on en a, plus on en veut !

— Ramasses-tu encore des roches ? demande Ludi en souriant.

Depuis l'âge de onze ans qu'elle me taquine avec ça...

— C'est certain ! que je lui réponds en tenant devant mes hanches une jupe longue en coton toute bariolée. J'en ai des super belles ! Des roses, des vertes, des grises avec une petite ligne blanche au milieu... J'en ai même une en forme de cœur ! Oh ! Regarde ! Un jeans rouge ! Je le veux ! Je le veux !

— Viens-t'en, d'abord, on s'en va aux cabines d'essayage ! Moi, j'ai trois t-shirts dans les mains !

On prend la même cabine et on rit, de tout de rien, de mes seins trop petits, du poil sur les jambes de Ludi, de la musique qu'on entend dans le magasin.

La vie est belle !

Quand j'arrive à la maison, sur la terrasse arrière, un bouquet de fleurs multicolores m'attend, déposé dans un pot de beurre d'arachide. Au milieu des fleurs, il y a un petit bout de papier.

J'aime t'embrasser... A.

▲▼▲

Ça fait maintenant un mois que je sors avec Antoine. Ce soir, on fête ça en se retrouvant juste tous les deux, dans ma chambre. J'ai acheté le CD d'Hendrix qui jouait lors de notre première rencontre et on écoute le disque, étendus sur mon lit. Quand j'ai la tête dans le creux de l'épaule d'Antoine, je me sens tellement bien. J'aime l'odeur de son cou, j'aime frotter ma bouche sur sa barbe naissante. Les contacts plus intimes me bouleversent tellement que, pour le moment, je les vis encore à petites doses…

— C'est quoi, ce dessin ? qu'il murmure, en montrant du doigt un carton jauni accroché près de la garde-robe.

Je relève la tête à contrecœur.

— Ah ! Ça ! C'est un dessin d'enfant. C'est sans importance, que je lui réponds en reposant ma tête contre lui.

— Si c'est sans importance, pourquoi tu l'as accroché là ? Il n'y était pas la semaine passée ! dit-il d'un ton curieux.

— Je l'ai retrouvé en faisant du ménage. C'est un de mes dessins. C'est le fantôme de l'île aux Sorciers.

— Qu'est-ce que c'est que cette histoire ! Tu crois aux fantômes ? dit Antoine, éberlué, en se redressant sur un coude.

— C'est une longue histoire, laisse tomber !

— Raconte.

— Quoi ?

— Raconte. J'aime ça, les histoires, et en plus t'as un véritable talent de conteuse ! T'es ma Fred Pellerin, murmure-t-il en enfouissant son nez dans mon chemisier.

— D'accord, d'accord !

L'apparition

— Habituellement, en été, mes parents louaient un chalet pour trois semaines. Mais cet été-là, ils étaient tombés en amour avec une vieille maison, à l'Anse-aux-Coquillages. Ils l'avaient vue sur Internet. Alors ils l'ont louée pour un été complet. J'avais onze ans, presque douze, la première année où on est allés là… La nuit où j'ai aperçu le fantôme, j'étais incapable de dormir à cause de la chaleur. En plus, ma chambre était en haut et j'avais juste une petite lucarne, alors pour le courant d'air… J'ai enfilé un long t-shirt, descendu les marches sur la pointe des pieds, poussé la porte moustiquaire et marché jusqu'à la mer. J'aime beaucoup la mer. J'aime ses mystères, ses noirceurs. Si tu voyais ça là-bas, c'est sauvage, silencieux, c'est surtout ça qui frappe en premier quand on descend de la voiture, le silence. Il y a juste le bruit des vagues mais parfois l'eau est calme, alors il n'y a rien d'autre que le silence.

Je fais une pause, le regard perdu vers cette image de la mer.

— Virginia, belle Virginia… C'est quoi, ce petit côté triste dans tes yeux ? demande Antoine, inquiet.

— Tu sais, quand j'étais petite, à un moment donné, je m'en souviens parce qu'on était en vacances dans le Maine, je regardais la mer puis tout d'un coup je me suis sentie très triste… Puis c'est resté. C'est comme une zone grise qui aurait poussé en moi ou comme une pierre qui se serait cachée dans une poche près de mon cœur. On dirait qu'elle s'accorde aux chants de la mer… Je le sens quand nous allons en vacances. Des fois, je me demande pourquoi je me sens triste, quand tout le monde, autour de moi, est heureux. Je sais pas…

Antoine me serre dans ses bras et m'embrasse les cheveux. Puis, il dit, les yeux

grands ouverts comme un enfant qui attend
la suite de son conte :

— Je veux la suite de l'histoire !

— Toujours est-il que cette nuit-là, j'étais
assise dans le sable et je regardais le ciel. La
marée était basse, j'n'entendais rien d'autre
qu'une chanson dans ma tête... tête de
linotte, tête de prépubère qui songeait juste
à s'étourdir pour pas penser aux inquiétudes
causées par les seins qui poussaient, les
menstruations à venir, les premiers boutons
et cette tristesse-là qui s'agitait comme un
ballon de football dans mes côtes... Il faisait
chaud, je me sentais libre, seule dans la nuit
noire. C'était la première fois que je ressen-
tais ça et c'était si fort d'être là, au milieu du
vent qui jouait dans mes cheveux...

— J'ai vécu ça une fois, dit Antoine.
J'avais dix ans, j'étais en camping avec mes
parents et je me suis levé durant la nuit pour
aller aux toilettes. Mais ç'a été plus fort que
moi, il fallait que je sorte dehors. J'ai ouvert
la porte de la roulotte doucement, j'avais
assez peur de les réveiller, puis j'ai marché
dans les sentiers avec ma lampe de poche. Je
me sentais un homme. Je me rappelle que

j'ai regardé les étoiles très longtemps…
Alors ? Raconte ! demande-t-il, impatient.

— Tout à coup, j'ai vu quelque chose !
Ça revenait de loin, à marée basse. Au début,
je n'étais même pas sûre que c'était une *personne*, je ne voyais qu'une masse noire qui
bougeait. Mais… c'était vraiment *quelqu'un* !
Quelqu'un entièrement vêtu de noir, noir
des pieds à la tête. Même son visage était
noir. Il ne me voyait pas, j'étais assise près
d'un rocher et mon t-shirt était bleu foncé.
J'ai fait la brave, tu comprends, avec tous les
films épeurants qu'on regardait, Ludivine et
moi, c'était pas une forme noire qui allait
m'écraser. Je me suis levée, j'ai fait « HOU !
HOU ! » Il s'est arrêté net. Il a regardé dans
ma direction, puis il s'est mis à courir vers la
pointe aux Rosiers. Et puis là, tiens-toi bien,
j'ai vu une cape se déployer derrière lui
comme des ailes !

Antoine et moi rions. Il me prend dans
ses bras et me dit que j'ai trop d'imagination.

— Mais attends la suite, que je réplique
entre deux fous rires. Je me suis enfuie en
courant vers la maison et je suis rentrée
en trombe dans la chambre de mes parents

en criant, complètement paniquée : « Papa ! Réveille-toi ! Crapaud ! Pa, réveille ! » « Que se passe-t-il pour l'amour de Zeus ? qu'il m'a répondu de sa grosse voix. Cesse de me brasser comme ça, pitchoune, j'en ai le mal de mer ! » Je lui ai dit que j'avais vu quelque chose là-bas, dehors, près de l'eau. Quelqu'un. C'est là que ma mère a accroché : pas normal d'entendre sa fille de onze ans dire *dehors* quand on sort du sommeil en plein milieu de la nuit ! Là, je leur ai expliqué que j'avais eu chaud, blablabla, mon père m'a dit que c'était peut-être une baleine que j'avais vue, j'ai répliqué que c'était quelqu'un de tout noir, mais pas un Noir, je veux dire de peau noire, que c'était quelqu'un habillé tout en noir, j'en étais sûre, il avait une cape, etc. Mon père avait les yeux ronds comme des billes : « AH ! C'est le fantôme de l'île aux Sorciers, en face ! Les gens en parlent dans la région. Il paraît qu'il enlève les jeunes filles qui sortent la nuit ! »

Je lève les yeux au ciel, un sourire en coin. Je revois la scène comme si c'était hier. J'enchaîne :

— Il se tordait de rire, ma mère aussi. Moi, je ne riais pas. Il m'a prise dans ses bras, puis il m'a dit : « Alors, on va le voir, ce monstre ? » Mon père et moi, on a avancé sur la plage à petits pas. Il faisait semblant de prendre tout ça à cœur, croyant sans doute que j'avais rêvé ou vu un rocher ou une chose ballottée par le vent. J'avais pris une lampe de poche et j'ai insisté pour aller plus loin, là où était la *personne*. « Pa ! Regarde ! » que je lui ai dit. Dans la glaise, il y avait des traces de pas. Très fraîches. Mon père les a examinées attentivement avec la lampe. Ensuite, il les a touchées du bout des doigts, tu vois le genre, comme s'il devenait tout à coup un archéologue qui vient de découvrir quelque chose d'important. Et là, il m'a répondu, avec un air très préoccupé : « Vraisemblablement, nous avons affaire à un yéti ou à un monstre des mers ! »

Antoine se bidonne et moi aussi. Il faut dire que je mets beaucoup d'expression dans mon visage quand je raconte cette histoire.

— J'étais choquée, j'avais l'impression qu'il se moquait de ma peur. Et puis là je me suis mise à pleurer en disant que MOI, je l'avais vu et que MOI, j'avais eu peur !

— Et qu'est-ce que vous avez fait après ? demande Antoine.

— On a suivi les traces qui, en passant, étaient bien normales. Elles se rendaient jusqu'à la pointe aux Rosiers…

— C'est quoi, la pointe aux Rosiers ? qu'il m'interrompt, vraiment curieux.

— Eh bien, imagine une plage immense, bordée par des petits rochers et, au bout de… je dirais cinq minutes de marche, il y a plein, plein de rochers, des gros ceux-là, qui te barrent la route. Ces rochers-là surplombent la mer et si tu les gravis, de l'autre côté, c'est un autre village.

— Donc votre fantôme a disparu dans les rochers ?

— Exact ! Sauf que, tiens-toi bien, sur la grève, j'ai trouvé un crayon !

— Et alors ? me lance mon chum, nullement impressionné par ma trouvaille.

— Avec le crayon, du moins c'est ce qu'on en a conclu, mon père et moi, le fantôme a écrit cette phrase directement sur le sable mouillé : *je plonge tout ruisselant dans les ondes limpides de l'enfance, et son voile diaphane frissonne.*

— Et ? Qu'est-ce que ça veut dire ?

— C'est de Virginia Woolf. Mon père m'a dit ça l'air tout ébahi. Je lui ai crié : « Si tu crois que je le sais pas! Tu me l'as répétée un million de fois, cette phrase-là, pa! Le fantôme vient vraiment pour m'enlever!» Je paniquais, tu t'en doutes, en plus, comme tu dis, j'ai beaucoup d'imagination… «On se calme, Virginia, on se calme, qu'il m'a dit. Je crois que tu écoutes trop la télé. Rentrons à la maison, je vais réfléchir à tout ça. Je ne suis pas le seul à aimer Virginia Woolf, tu sais. Quelqu'un s'est assis ici et a écrit ces mots parce qu'il les aime aussi.»

— Ça alors! s'exclame Antoine. Comme tu devais avoir peur, dit-il en me flattant la joue.

— J'arrivais pas à me calmer, c'est sûr, je revoyais sans cesse l'image de l'homme en noir courant sur la grève, sa cape déployée derrière lui. J'ai encore crié: «Facile à dire, se calmer! Quand on s'appelle Virginia parce que notre père adore l'écrivaine Virginia Woolf et qu'on a failli se faire enlever par le fantôme de l'île aux Sorciers qui a écrit les mêmes mots que notre père nous répète depuis l'âge d'entendre et de comprendre, désolée mais je m'énerve! Je M'É-NER-VE!» Là mon père m'a prise par la main et m'a attirée vers lui et puis on est repartis vers la maison. Une fois dans la maison, je me sentais en sécurité. J'ai dormi avec maman, et pa a dormi sur le sofa, en bas.

— Est-ce que t'aurais préféré revenir à Québec après ça? dit Antoine.

— Non, pas nécessairement. J'aime beaucoup la maison là-bas, à l'Anse… J'aimerais tant que tu y viennes l'été prochain, ça serait super chouette! que je dis en lui sautant au cou.

Nous nous renversons sur le lit et Antoine me dit :

— Parle-moi de la maison, quand tu en parles, il y a plein de lumière dans tes yeux.

— Plus tard! Toi, parle-moi de toi! Elle était comment, la maison où tu as grandi?

Antoine s'esclaffe, je ne sais trop pourquoi.

— Qu'est-ce qu'il y a? Elle n'était pas chouette, ta maison?

— C'est pas ça, belle Virginia! C'est que j'en ai eu au moins cinq, des maisons, durant mon enfance! Mon père va d'emploi en emploi, peu importe où est la ville. On dirait qu'il ne tient pas en place. Il envoie des cv et puis, alors qu'on se croit installé, il faut repartir…

— Et ta mère, elle n'a pas son mot à dire ? que je lance, un peu furieuse. On n'est pas dans les années quarante, quand même !

— Ma mère aime l'argent, alors quand il y a une possibilité qu'il en rentre plus, elle s'en fout de faire des boîtes, dit Antoine tristement.

— Les cons ! ne puis-je m'empêcher de dire. Et nous alors ? Hein ? On devient quoi si tu t'en vas ?

— T'inquiètes pas, ma douce Virginia, je n'ai pas l'intention de partir d'ici, dit Antoine en jouant dans mes cheveux. Non, je ne pars plus...

C'est plus fort que moi, je me mets à pleurer. Antoine me serre fort, me caresse doucement, et j'ouvre mon corps un peu plus.

▲▼▲

Samedi, Ludi et moi, on se rend au club vidéo pour louer le film C.R.A.Z.Y.

— Est-ce que tu vas au party d'Halloween chez Pénélope ? que je lui demande en traversant la rue.

— J'sais pas encore, moi les déguise-
ments… Tu m'as pas dit en quoi Antoine se
déguisait.

— Aucune idée. Il me fait la surprise !
On se retrouve chez nous vers vingt et
une heures. On pourrait passer te prendre si
tu veux.

— Hum… J'ai peur que ça soit emmer-
dant, les parents de Pénélope sont tellement
coincés. Un peu comme les miens d'ailleurs,
avoue Ludivine en levant les yeux au ciel.

— Ils sont gentils, tes parents, Ludi…

— Gentils, oui, mais coincés. Je peux
même pas parler de sexe avec ma mère, tu te
rends compte ! C'est à se demander comment
elle a fait pour avoir trois enfants ! Elle
préfère laisser traîner des livres dans la salle
de bains ! J'ai eu droit à toutes les éditions
depuis mon primaire : la sexualité pour les
six-huit ans, la sexualité pour les huit-dix
ans, ensuite les dix-douze et puis là, c'est la
sexualité chez les ados. C'est tellement
niaiseux, les dessins qu'ils mettent là-
dedans !

— Tu peux me parler à moi, lui dis-je
pour la consoler. Tu sais que tu peux tout me
dire, Ludi !

— Ouais mais tu l'as jamais fait, c'est pas pareil. Il y a des choses que tu peux pas comprendre… Pis veux-tu ben me dire qu'est-ce que t'attends ?

— Chuttt ! Pas si fort ! J'ai envie, c'est sûr… mais… Ah ! J'le sais pas trop… Pour l'instant, ça me suffit de sentir le désir qui monte, qui veut exploser quand nos corps se touchent.

— Hi ! que t'es romantique, Virginia Falardeau ! soupire-t-elle. Allez, dépêche ! J'ai hâte de voir la belle binette de Marc-André Grondin !

▲▼▲

J'en suis à arranger les derniers détails de mon costume quand j'entends cogner à ma fenêtre. J'écarte les rideaux.

Mais qu'est-ce que… ? Le fantôme de l'île aux Sorciers, ICI ?

Il court sur le terrain, sa cape derrière lui comme la première fois que je l'ai vu. Il a un masque noir sur son visage et… et… le sourire d'Antoine…

— Va chez le diable, espèce d'enfoiré ! que je hurle, terriblement en colère, en lui

ouvrant la porte. Tu m'as fait peur, le sais-
tu, ça ?

— Qu'est-ce qui se passe ? crie ma mère
de la cuisine.

— C'est rien, maman, c'est Antoine qui
arrive. S'pèce de con, que je lui murmure, les
dents serrées.

— Ben quoi, c'est ça, fêter l'Halloween,
il faut avoir peur, dit-il en roulant des yeux
et grimaçant comme un tueur.

— T'es pas drôle du tout, et puis t'es laid
quand tu fais ça !

— Rrrrrr… Je vais vous manger, jeune
demoiselle !

Je finis par embarquer dans son délire
et je cours jusqu'à ma chambre en hurlant
comme une midinette, la colère tout à coup
tombée. Antoine me pousse sur le lit, défait
sa cape d'un geste digne d'un film de Zorro
et, doucement, enlève son masque. J'avoue
que je le trouve terriblement sexy comme ça,
les cheveux tout ébouriffés, les vêtements
noirs collés à sa peau humide.

— Alors, Petit Chaperon rouge, on se
fait la bise avant de se rendre au party ? me
demande-t-il avec ses yeux de velours.

Je l'agrippe par la chemise, le tire vers moi. C'est tout mon corps qui se colle à lui et qui redemande baisers et caresses.

— Virginia, murmure Antoine quelques instants plus tard, alors que sa tête repose sur mon ventre.

— Oui ?

— Je veux faire l'amour avec toi. Je t'aime, tu sais.

— Je sais, que je réponds en regardant au plafond. J'ai le goût, moi aussi, Antoine. Mais... j'ai un peu peur, et puis ce sera la première fois et j'aimerais que ça soit spécial.

— Oui, je comprends, mais avoue que c'est frustrant de se toucher comme on le fait et que ça n'aille pas jusqu'au bout.

— C'est sûr, mais j'ai pas l'intention que ma première fois se passe en vitesse parce que mes parents peuvent arriver et ouvrir la porte de ma chambre. Il y aura un temps pour nous, il suffit d'attendre que le bon moment se présente, c'est tout.

— On peut louer une chambre d'hôtel, dit-il maladroitement.

— Beurk… ça m'écœure, faire ça dans une chambre d'hôtel la première fois, en plus, je ne prends même pas la pilule alors… Es-tu *safe*, toi? que je lui demande.

— J'ai toujours mis des condoms.

— Ouais, t'en as eu combien, des filles? dis-je d'un petit ton possessif.

— Oh… des dizaines! Je ne les compte plus! me répond-il avec un rire dans la voix.

Je lui donne une petite claque sur la tête.

— T'as raison, que je lui dis, ça ne me regarde pas. Ton passé t'appartient. Dis-moi… euh… six? huit?

La première fois

Seize semaines de petits mots doux dans les cahiers, de lettres d'amour glissées dans la main entre deux cours, de *je t'aime* envolés dans l'automne et dans un début d'hiver. Mes parents n'en reviennent pas de me voir toujours si joyeuse et puis j'étudie fort afin de bien terminer mon secondaire.

Mes parents aiment bien Antoine. Je me doute qu'ils lui trouvent un petit côté superficiel, mais leur grand cœur les fait passer par-dessus. C'est un bon garçon, on est heureux et c'est ça le plus important.

On n'a pas encore fait l'amour. Je suis toujours étonnée de la force du désir qui me prend tout entière, submergeant mes peurs jusqu'à ce qu'une caresse qui va plus loin me ramène à ma décision d'attendre.

Ce soir, j'ai décidé de parler de tout ça avec mes parents. Après tout, je vis une relation sérieuse avec Antoine et je ne leur ai jamais rien caché. Ils ne sont pas du genre à juger.

Je vais les retrouver dans leur lit et je m'assois en face d'eux. J'en parle ouvertement, je leur dis que j'ai envie de faire l'amour avec Antoine, que je le désire plus que tout au monde, mais que j'ai envie que ce soit un moment particulier, intense, intime, et surtout pas un acte rapide dans une voiture ou entre deux visites des parents dans nos chambres.

— On a pourtant eu des occasions pour que ça arrive. Les parents d'Antoine, vous deux, vous vous êtes parfois absentés la fin de semaine pour faire des courses ou d'autres sorties. Mais on ne va pas plus loin que quelques caresses. Mais là, je sens que je suis prête.

Maman me raconte sa première fois. Un vrai gâchis ! Ça s'est justement passé dans une voiture, son chum n'avait pas de condom, alors ils ont tout arrêté pour se rendre à la pharmacie. Ensuite, ça s'est passé tout croche, ils étaient vierges tous les deux, impatients, maladroits.

— Toi, pa, à quel âge tu l'as fait ?

— Oh ! À seize ans. Chez des amis. La fille m'a suivi dehors quand je suis allé fumer et…

— T'as déjà FUMÉ ? que je lui demande, interloquée, sachant bien toute la haine que ma mère voue à la cigarette.

— Oui ! Heureusement que ça n'a pas duré longtemps, car ta mère n'aurait pas accepté mes avances, répond-il d'un ton moqueur.

— Alors, raconte !

— Eh bien, c'est ça, rendus dehors, elle s'est collée contre moi et puis… voilà… ça s'est passé là, dans la cour, chez mon ami Philippe. Dans les buissons ! Elle avait tout ce qu'il fallait dans son sac à dos, si tu vois ce que je veux dire.

— Ce n'est pas l'idéal, tu sais, de faire ça comme ça, à la sauvette, réplique maman.

— Non, surtout que pour un garçon, ça va parfois très vite. On est trop… excité, tu comprends. Et puis, pour nous, il n'y a pas toute cette histoire autour de la virginité.

— Ça te fait peur toi, ma puce ? demande ma mère.

— Un peu, j'avoue. Mais au moins je peux vous en parler. Ludivine, elle, elle ne dit rien à ses parents et quand elle m'en parle, elle fait comme si c'était pas important, elle dit des niaiseries. Moi, je crois qu'on se souvient de la première fois toute sa vie, c'est comme le premier baiser, quoi ! Je veux que ce soit beau et j'aimerais m'en souvenir pour toujours. De toute façon, Antoine et moi, c'est pour la vie !

— C'est ce qu'on croit à ton âge, ma puce… mais tu connaîtras sans doute d'autres amours, des grandes peines mais aussi des grandes joies, dit doucement ma mère.

Je m'écrie :

— Ah non ! Antoine et moi, c'est pour la vie, j'te le dis ! Rien ne peut nous séparer, et puis regarde, j'ai un bracelet d'amoureux inséparables !

Je lui montre le bracelet de cuir que nous a attaché au poignet une artisane du Village Amérindien. Antoine et moi avons le même. La vieille dame les a confectionnés devant nous. Avec une lanière de cuir, elle a fait deux bracelets identiques, tressés très serrés avec de petites pierres qui portent chance aux amoureux. Elle tenait à l'attacher elle-même, car c'est de ce geste que vient la protection et aussi des mots qu'elle prononçait dans sa langue.

— Il n'existe pas de garantie d'amour, Virginia, murmure mon père. Tu rencontres quelqu'un, tu chemines dans cet amour avec l'autre, avec ses différences, ses qualités, ses défauts et…

— Antoine n'a pas de défauts ! que je rétorque, un peu choquée de la tournure de la conversation.

— Je te dis que le vieux dicton *L'amour rend aveugle* ne se démentira jamais ! dit mon père.

— Aveugle toi-même ! Tu n'es même pas capable d'admettre que maman est soupe au lait le matin ! Chaque fois qu'elle bougonne, tu la regardes avec tes yeux de piteux-pitou, avant de lui brouter l'oreille et de lui susurrer que sa belle humeur te contamine !

Je me lève et je m'en vais dans le salon. Thomas-Denys pleure, alors ma mère va dans sa chambre. Mon père me rejoint rapidement.

— Ça va ? demande-t-il.

— C'est plate, vous défaites ma joie avec vos discours ! J'ai le droit de rêver, moi, j'ai pas votre âge !

— Je sais, pitchoune, je sais… C'est juste qu'on voudrait tellement que nos enfants n'aient pas de peine, alors on pense qu'on fait bien en les prévenant…

— Pa, comment veux-tu que j'entrevoie la fin d'une relation qui va super bien ? Tu trouves pas que ça cloche ? Peux-tu envisager la fin de ton histoire avec maman, toi ?

— Bien sûr que non, répond-il. Bien sûr que non. Tu as raison, profite du temps présent et fous-toi du reste.

Je m'endors sur le sofa à côté de mon père. Moi, les discussions qui tournent au vinaigre, ça m'épuise. Et puis, il a eu le malheur de faire jouer Moustaki !

▲▼▲

Ça fait un mois que je prends la pilule et cet après-midi, Antoine et moi allons faire l'amour pour la première fois. Mes parents se sont absentés toute la journée avec B et Thomas-Denys. Ils vont chez tante Catherine, la dépendante affective. Elle habite à deux heures de route de chez nous. Je me demande même s'ils n'ont pas fait exprès, puisque Thomas-Denys ne voulait pas y aller et que mes parents ont beaucoup insisté. Et puis, en partant, maman m'a adressé un clin d'œil après m'avoir serrée très fort dans ses bras :

— Je t'aime, mon hirondelle !

— J't'aime aussi, maman !

— Je t'aime, ma puce !

— J't'aime aussi, pa !

Ses mains sur moi, c'est comme de l'eau versée sur un désert. Nous sommes maladroits, mais remplis de tellement de joie que nous rions et recommençons sans cesse des caresses, des baisers. Je n'ai plus peur. Il y a plein d'amour en dedans de moi qui trouve son chemin sur nos peaux. Il y a plein de temps devant nous pour apprivoiser nos corps et leur donner cette première fois dans l'abandon et l'amour. Je n'ai pas mal. Parce que tout se fait tranquillement.

Après, on se sent bien, nus et vulnérables. La tête d'Antoine repose entre mes seins. Il me dit « parle-moi de la maison ».

— Quelle maison ? dis-je, surprise.

— La maison de l'Anse-aux-Coquillages.

— Pourquoi maintenant ?

— Parce que…

— *Parce que* n'est pas une réponse, petit garnement !

— J'ai le goût de savoir ce que tu vis chaque été, bon, murmure-t-il en embrassant ma poitrine. Raconte, belle Virginia.

Avec cette caresse, je pourrais lui raconter ma vie dix fois sans problème et avec plein de points de suspension en plus.

— Il était une fois… une jolie famille… Hi ! Hi ! je blague. Alors… hum… ben, dès la fin des classes, on plie bagage et cinq heures de voiture plus tard on les défait dans nos chambres d'été. À l'Anse-aux-Coquillages, le fleuve est très large et prend des allures de mer, en plus, l'eau est salée. Partir de la ville, ça me coûte toujours un peu parce que je ne vois plus mes amis pendant deux mois. Je n'ai pas non plus la permission d'apporter l'ordinateur, mes parents étant convaincus du bon côté de la puissance de la nature dans le développement de leurs enfants. Mais… mes parents ont un plan d'interurbains, alors je te jure que le téléphone surchauffe! J'ai toujours hâte de descendre la petite côte en gravier qui mène à la maison, et de l'apercevoir, en partie cachée dans les feuillages. Ses deux cents ans et plus la font pencher un peu, mais ses fenêtres sont intactes, les planchers et les murs sont d'origine. Les proprios ont dû refaire l'extérieur parce que les planches étaient pourries. Elle est belle, si tu voyais, toute blanche avec des volets vert foncé et un vieux toit en bardeaux. Il m'arrive même de penser qu'elle m'attend, qu'elle est heureuse de mon retour, heureuse des trésors que je glisse dans son grenier. Il m'arrive même de penser qu'elle comprend ma tristesse… C'est niaiseux, hein?

— Ben non. C'est quoi, les trésors? demande Antoine.

— Des pierres. Je ramasse des pierres, c'est une manie, quand j'arrive là-bas, je ramasse des pierres. C'est dans ma chambre qu'il y a la trappe qui donne accès au grenier, alors, à la fin du premier été, avant notre départ, j'ai caché mes pierres dans le grenier, près de l'ouverture. C'est facile d'accès et comme le plafond est très bas, j'ai juste à prendre une chaise, pousser la trappe et glisser mes précieux cailloux sur le plancher du grenier. Ç'a été toute une surprise de les retrouver le deuxième été ! On n'est sûrement pas les seuls locataires durant l'année, mais je pense que je suis la seule, du moins je l'espère, à ouvrir la trappe menant au grenier. Je recommence donc ma cueillette chaque été et je cache mon butin à la même place. C'est devenu un genre de rite… Je retrouve mes pierres chaque été et c'est toujours la première chose que je fais en arrivant : grimper à l'étage pour aller voir au grenier si les cailloux sont encore là. C'est aussi là que j'ai caché le crayon trouvé sur le sable la fameuse nuit de l'apparition du *fantôme* et les cahiers qui me servent de journal intime.

— Qu'est-ce que t'aimes le plus de cette maison-là ?

— Ce que j'aime, c'est qu'on la retrouve intacte, année après année. Comme si c'était à nous. Les mêmes carpettes sont étendues sur le bois vieilli, les meubles ne changent pas, les pots de géraniums rouges bordent toujours les fenêtres à notre arrivée. Il y a seulement les serviettes, les draps et les couvertures qui sont différents avec le temps. C'est difficile de penser que la maison abrite des inconnus en dehors de nous.

— L'as-tu revu ?

— Qui ça ?

— Le fantôme ! L'as-tu revu ? Sais-tu qui c'était ? demande Antoine, intrigué.

— Oui, je l'ai revu ! Je l'ai plutôt *entrevu*, à quelques reprises, toujours la nuit. Dans ma chambre, je te l'ai dit, je crois, il y a une lucarne qui donne sur la mer. C'est de là que j'observe le *fantôme*. C'est toujours la même silhouette noire qui passe et qui se dirige ensuite vers la pointe aux Rosiers. Je n'ai pas revu la cape qui l'enveloppait la première fois, peut-être que je l'ai imaginée… Mais je n'imagine certainement pas cet être qui marche la nuit sur la grève. Reste que j'ai trop peur de sortir pour aller à sa rencontre et vérifier. Et plus question de mêler mon père à mes aventures !

— Tu ne m'as toujours pas dit pourquoi tu as ressorti le dessin du fantôme.

— J'avais treize ans quand je l'ai fait. Ç'a été un été d'enfer. Je passais le plus clair de mon temps dans ma chambre de l'Anse. Tout était prétexte à y retourner : les repas pas à mon goût, l'obligation de m'occuper de mon petit frère, une chicane avec ma sœur, une chicane avec mes parents ! Je trouvais que la vie était difficile à treize ans. Tout m'inquiétait, tout me mettait à vif. Tout me faisait refermer les bras sur la tristesse, accroupie au fond de moi. Cet été-là, j'ai décidé que c'était MA chambre et que PERSONNE n'y mettait les pieds. Une pancarte sur la porte indiquait : DÉFENSE D'ENTRER. J'ai collé des affiches de chanteurs partout sur les murs et puis mon lecteur MP3 faisait des heures supplémentaires. Mes parents étaient horrifiés par mes lectures : que du fantastique et des mangas ! Le dessin, je l'ai esquissé rapidement, une nuit où j'ai vu le fantôme. J'avais juste des crayons à mine. Ça tombait bien parce que ce personnage-là vient des noirceurs. J'ai même laissé le dessin dans ma chambre, quand on est partis en août. Il était encore là l'été suivant !

— Virginia, pourquoi tu l'as raccroché ? qu'il redemande.

— Je ne sais pas, Antoine, je ne sais pas...

Ce soir, ma mère vient me border. Elle sait. En remontant les couvertures sous mon cou, elle murmure « bonne nuit, petite femme ». Dans le noir de la chambre, je souris.

Cœur écorché

Le temps passe vite ! L'amour est fou, plein de vie. Dix mois déjà !

J'ai l'impression de voler ! Sur les trottoirs, dans les couloirs de l'école, en traversant la rue, sous la douche, en mangeant, en faisant mes devoirs… Je me sens si pleine et si vivante ! Invincible ! Il me semble que rien ne peut m'arriver. Je suis heureuse !

— À quoi tu penses ? me demande Ludivine, confortablement installée sur une chaise longue. Oh ! et puis, ça sert à rien de te le demander, tu penses tout le temps à ton Antoine ! Sais-tu que si tu te maries avec lùi, on va devenir parentes ? se revoir dans les réveillons jusqu'à notre mort ainsi soit-il ?

— Je pensais que ça fera dix mois demain, dis-je avec un sourire. Passe-moi la crème solaire, s'il te plaît.

Ludivine a un si petit bikini qu'elle en est presque nue. Elle est très belle. Et très curieuse :

— Alors le sexe, ça va ?

— Pourquoi, quand tu parles de sexe, tu prends tout le temps un ton détaché, comme si c'était pas important ? que je lui demande, un peu outrée par son attitude.

— Peut-être parce que je réussis pas à le combiner avec l'amour, avoue-t-elle. Les gars que je rencontre, ils veulent du sexe, ils veulent pas l'amour.

— Arrange-toi pour rencontrer un autre genre de gars !

— Bof, j'ai tout mon temps, dit-elle.

Et puis elle ajoute :

— Tu sais, Virginia, l'amour, on n'est pas obligées. Il y a plein de filles qui restent célibataires et qui sont très heureuses. La liberté, Virginia ! la liberté !

— Parlant de liberté, est-ce que tu t'es trouvé un emploi pour l'été ?

— Oui, j'ai trouvé quelque chose hier. Je t'ai téléphoné pour te le dire, mais c'était

toujours occupé, on se demande pas pourquoi! T'avais pas ton cell, coudonc? Alors
tiens-toi bien, ma chère, je serai hôtesse au
chic restaurant *Saint-Hubert*. Et toi?

— J'attends d'être à l'Anse-aux-Coquillages,
il y a toujours des affiches *aide demandée* partout au village, alors je ne suis pas inquiète.
Je trouverai en arrivant là-bas.

— Ouch! On n'est pas bien là, à se faire
dorer le bedon en plein mois de juin, hein?
Penses-y comme il faut, ma belle: c'est fini,
après ça, F-I-N-I la belle vie! Te rends-tu
compte qu'à partir de cette année, on n'aura
plus jamais tout un été de congé?

On soupire toutes les deux en même
temps.

▲▼▲

J'ai réussi à obtenir la permission de mes
parents qu'Antoine vienne passer les fins de
semaine à l'Anse-aux-Coquillages. Il fera le
trajet avec un copain qui a son permis
de conduire et qui se rend cinquante kilomètres plus loin que notre maison d'été. Je
suis si contente! J'ai hâte de marcher au

bord de la mer avec lui, de lui faire visiter la maison et les environs.

Tiens, Antoine n'est pas à l'école ce matin. Probablement qu'il n'avait pas d'examen. Je trouve ça étrange qu'il ne m'en ait pas parlé.

Est-il malade ? Ai-je fait ou dit quelque chose qui l'a froissé ? Je me rappelle soudain qu'il m'a paru froid hier soir au téléphone. Nous devions nous voir dans l'après-midi, pour aller nous baigner à la piscine municipale, et il a annulé en prétextant un mal de tête. J'ai voulu me rendre chez lui pour le cajoler, le soigner, mais il a dit non un peu bêtement, comme s'il ne voulait vraiment pas que je me rende chez lui. Son refus m'a blessée et, sur le coup, je me suis dit qu'il fallait lui en reparler, mais mon amour fou, avec ses grandes ailes d'euphorie, m'a fait oublier cet incident.

C'est l'heure du dîner, Antoine ne se pointe pas à la cafétéria de l'école, alors je prends la décision d'appeler chez lui. Quelle n'est pas ma surprise de tomber sur son père !

— Bonjour, monsieur Chabot, est-ce qu'Antoine est malade? Il n'est pas à l'école.

Mon cœur bat très fort, j'ai peur que mon amour n'aille pas bien, j'ai peur que mon amour m'abandonne, me quitte en disant « je me suis trompé, je ne t'aime plus ». J'entends toutes sortes d'histoires à l'école, des gars blessés, des filles blessées, laissés comme ça, un jour, c'est fini, et voilà la peine d'amour qui arrive, avec ses couteaux, sa souffrance qui n'en finit plus. Certains y laissent parfois même leur vie, comme Jérémie.

— Non, Virginia, il va très bien. Il fait ses boîtes, comme prévu, dit-il, avec sa voix de parvenu.

— Ses boîtes, quelles boîtes? De quoi parlez-vous? dis-je d'un ton inquiet.

— Je parle des boîtes de déménagement, jeune fille, de quelles autres boîtes veux-tu que je parle? articule-t-il, exaspéré.

Monsieur Chabot m'a toujours paru antipathique à cause de cet air qu'il se donne, un air de riche qui a réussi. Mais pour y parvenir, il accepte à tout moment d'être transféré de ville, et parfois même de province. Comment ai-je pu oublier cela, Antoine me l'a dit...

Le cœur, quand il tombe, comme ça, d'un seul coup, brutalement et avec fracas, quand il tombe au fond du ventre et que tout explose, jamais, jamais je n'oublierai ce que ça fait…

— Tu es là, Virginia ?

— …

— Virginia ?

Calme-toi, calme-toi, c'est peut-être à une heure de distance, et même deux ce ne serait pas si pire et même trois tant qu'à y être. Et pourquoi pas se voir toutes les fins de semaine, ça pourrait aller, ça, toutes les fins de semaine, je pourrais travailler et me ramasser des sous pour le voyage en autobus et puis mon permis, je l'aurai bientôt, mon permis, je vais pouvoir conduire seule…

— VIRGINIA ? Es-tu là, bon sang de bon Dieu ? hurle-t-il à l'autre bout du fil.

— Où… où… allez-vous… je veux dire où déménagez-vous ? que je m'écrie d'une voix entrecoupée de sanglots.

— Antoine ne t'a pas mise au courant, Virginia ? Nous partons pour Vancouver ! Une grosse promotion, tu comprends ! Tu viendras nous voir de temps en temps, à Noël, par exemple !

C'est la première fois que je ressens de la haine. Avant cet appel, je ne connaissais pas ce sentiment. On ne peut pas parler de haine à propos de ces petites rivalités entre filles ou entre amies. Ce que je ressens, là, maintenant, fait trembler le cœur dans une mer de rage. Je suis anéantie, immobilisée par la nouvelle et, en même temps, j'aurais envie de courir jusque chez cet homme pour le gifler, lui dire « Vous n'avez pas le droit ! Vous êtes malade ou quoi ? » J'ai envie de l'injurier, de le traiter de maudit capitaliste, de grippe-sou, de briseur d'histoires d'amour...

— Virginia ?

Je crois bien que je suis tombée dans les pommes, puisque je me suis retrouvée à l'infirmerie de l'école et que mon père s'en vient me chercher, inquiet, troublé par mes larmes. Mes larmes n'en finissent plus de couler sur mon amour perdu, je n'ai plus d'avenir, je ne suis qu'un cœur écorché.

▲▼▲

Je ne savais pas que la douleur pouvait contrôler notre vie, notre façon de respirer et de regarder le ciel.

Depuis des jours, je suis prostrée dans mon lit, je refuse de manger, je refuse de voir Antoine, je refuse l'horrible réalité. Je préfère me réfugier dans ma tristesse et ma colère. Mais comment a-t-il pu me cacher une chose pareille ?

— Le départ pour l'Anse s'en vient, Virginia, me dit mon père.

Je hurle à travers mes larmes :

— J'en ai rien à foutre, de l'Anse ! Va-t'en ! Laisse-moi tranquille !

— Tu peux être polie même si tu souffres. Je crois qu'il serait mieux que tu voies Antoine, ma pitchoune, lui aussi il souffre, ne l'oublie pas.

— Certainement pas autant que moi ! que je lui crie en prenant dans mes bras mon oreiller mouillé. Et cesse de m'appeler pitchoune, j'déteste ça, pitchoune !

J'ai mal partout. Mon corps m'abandonne, je me sens de plus en plus faible et tout en moi se disloque sans répit. J'ai l'impression que des souris me mangent l'estomac. Je ne savais pas que les peines d'amour pouvaient faire aussi mal et que ce mal s'installait dans notre corps comme un ennemi qui veille nuit et jour.

— Tu ne me croiras pas, dit mon père, mais la douleur va s'apaiser tranquillement. Je sais que ça fait mal, mais veux-tu, s'il te plait, avoir confiance en moi ? Je te jure que tu te sentiras mieux si on prend le temps qu'il faut…

▲▼▲

C'est la nuit et B vient me trouver dans mon lit. Je suis surprise. « Fais-moi une place », qu'elle me dit. Je lève les couvertures et elle les rabat sur nous. Puis B me prend dans ses bras. « Vas-y, chiales-en un coup, je t'aime, petite sœur… »

▲▼▲

Je finis par me résoudre à voir Antoine. Il vient à la maison. Tous les scénarios que j'ai imaginés s'avèrent justes. Nous ne nous reverrons jamais. À Noël, peut-être ?

Assise dans mon lit, je le questionne avec rage :

— Pourquoi, Antoine, pourquoi m'avoir menti ?

— Je l'ai su samedi soir, Virginia ! C'est comme ça avec mes parents. Mon père a reçu une confirmation vendredi et il nous a annoncé la nouvelle samedi soir, réplique-t-il, anéanti.

Je crie :

— Non ! Non ! Il y a une solution, ça se peut pas, tu vas rester ici, chez nous, mes parents seront d'accord, j'en suis sûre ! Antoine, dis-moi qu'on va trouver quelque chose !

— Il y a Internet, qu'il me dit entre deux sanglots.

Nous ne cessons pas de pleurer, je retourne dans ses bras, c'est la dernière fois, que je me dis. Il me promet de téléphoner, de m'écrire, de venir dès qu'il aura son permis.

Je le supplie :

— Fuguons ! Fuyons cette vie, allons nous aimer ailleurs, qu'est-ce que t'en penses, hein Antoine, qu'est-ce que t'en penses ? Dis-moi oui, Antoine, dis-moi oui !

— On peut pas, Virginia, on peut pas, on est trop jeunes et il y a les études et l'avenir…

Je hurle :

— Mais l'avenir, c'est toi et moi ! C'est ça, l'avenir, Antoine !

Il ne répond pas.

— T'es lâche alors, lui dis-je d'un air méprisant. T'es lâche, s'pèce de con.

Il baisse la tête et s'en va, soumis à un autre appel qui n'est pas mon amour.

Les vagues

De jour en jour, de nuit en nuit, la tristesse ne me lâche pas. Faire mes bagages pour l'Anse-aux-Coquillages est une corvée. Je ne veux même pas apporter mon lecteur MP3, encore moins les affiches que Ludi m'a données pour accrocher dans ma chambre d'été. Je veux la paix !

Mon père déroge à ses principes et me prête son ordinateur portable pour que je puisse rester en contact avec Antoine. Depuis qu'il est à Vancouver, il n'a appelé qu'une seule fois et j'ai reçu deux courriels sans tendresse. Que des phrases polies. Peut-être que la peine est plus facile à vivre quand on met une distance.

Je lui ai répondu :

De : virginiaw.3@hotmail.com
À : antoine.p@sympatico.ca
Objet : Merde !!!

- -

Je m'en fous de ta nouvelle maison et de tes nouveaux copains, merde ! Je me meurs, moi ici ! Dis-moi que tu m'aimes, espèce de con, que tu penses à moi et que ça t'empêche de dormir, que toutes les filles sont laides à chier, que la distance entre nous te laisse pas respirer…

Ta toute à toi, Virginia XXX

▲▼▲

La route me paraît longue. Pourtant je ne demande pas mieux que de me laisser bercer par la voiture. Mon frère dort, la tête sur mes genoux. Je le regarde et je pense au bébé que je n'aurai probablement pas avec Antoine. Je ferme les yeux en me demandant à quoi ça sert de vivre si on a toujours des peines comme celle-là. Je me mets à pleurer et je réveille Thomas-Denys parce que mes larmes tombent sur son visage.

— Pourquoi tu pleures encore, Virginia? demande-t-il de sa voix ensommeillée.

— Virginia a beaucoup de peine, mon poussin.

— C'est Antoine qui te fait de la peine?

— C'est la vie, c'est la chienne de vie, ne puis-je m'empêcher de dire.

— C'est quoi ça, une vie chienne? Est-ce que c'est parce qu'on a juste le goût de rester couché comme Kiwi?

— Qui est Kiwi?

— C'est la chienne de Madame Martel. Elle dit que Kiwi passe ses journées couchée et que c'est une vie de chienne qui s'ennuie. Elle dit aussi que les petits chiens devraient avoir des câlins, comme les enfants. Tu me fais des câlins, dis Virginia?

Je passe ma main dans ses cheveux fins et blonds. Il y a quelques semaines, je lui ai lu *Le Petit Prince* et depuis ce temps il me pose de drôles de questions. Comme s'il s'efforçait d'être le petit prince et d'inventer d'autres dialogues. Il s'est inventé un ami raton laveur et il n'arrête pas de dire à maman qu'il est sa rose.

La maison n'a pas changé. J'aurais tellement aimé qu'Antoine la connaisse. Je me promets de lui envoyer des photos.

Je monte vite à ma chambre. Je vérifie si toutes mes pierres et mes cahiers sont là. Tout y est. Puis je sors faire une marche près de la mer. Je regrette maintenant d'avoir renoncé à mon MP3. Pas de chance, pas moyen d'emprunter celui de B puisqu'elle est restée à Québec à cause de son travail d'été. Premier été sans B. Ça me fait tout drôle. Je suis un peu jalouse. Elle, elle peut rester à la maison et goûter à une entière liberté. Mais qu'est-ce que j'en aurais fait, de toute façon, de la liberté ? Là-bas ou ici, la tristesse aurait pris le dessus. Mais là-bas, je n'aurais pas eu la présence des parents pour me forcer à manger ou à sourire.

Je ramasse des cailloux, des gros, sans même m'arrêter à la couleur ni à leur beauté.

▲▼▲

Dans ce trou perdu, comme dit Ludivine, ma peine m'apparaît encore plus grande. Comme si j'étais face à elle, sans possibilité de fuir. Comme si la nature me demandait des comptes, allez, rends les armes, ici tout est pareil chaque jour, ici pas de distractions, tu n'as que toi et toi tu souffres. Regarde-toi souffrir, tu n'as que ça à faire, après on verra.

Antoine ne donne pas de nouvelles. Mes deux derniers courriels sont restés sans réponse. Comment peut-il couper si facilement les ficelles qui reliaient nos cœurs ?

Je passe mes journées dans ma chambre. Pa essaie de me divertir en me lisant des extraits de livres qu'il aime. Il veut me forcer à lire pour me détourner de ma tristesse. Il me laisse une dizaine de livres sur la table, près de la fenêtre. Je connais son jeu. Il pense que je les lirai une fois qu'il aura fermé la porte. Peine perdue, je ne fais que regarder le plafond et compter mes cailloux.

▲▼▲

Ce matin, mon père s'emporte. Il veut que j'aille faire du vélo avec lui et je refuse.

À seize ans, presque dix-sept, il ne peut tout de même pas me forcer et m'asseoir dans un siège de bébé !

— Virginia, je crois que ton affaire va trop loin, dit-il d'un ton désespéré. Je crois qu'il faut consulter. Tu refuses tout, notre aide, l'affection que nous pourrions te donner. Tu ne t'aides pas du tout, il faudrait que tu te donnes un petit coup de pied et…

Je réponds d'un air méchant :

— Laisse-moi tranquille !

— Virginia, écoute-moi ! J'ai de la peine, tu sais, de te voir dans cet état. Ça me fait mal. Peut-être autant qu'à toi. Je la prendrais bien, ta peine, juste pour ne pas te voir souffrir à ce point. Virginia, profite du fait que nous sommes ici pour faire le ménage dans ton cœur. Si tu en veux à Antoine, appelle-le et crie-lui tout ce que tu as envie de lui crier. La même chose pour son père. Libère-toi ! Ne reste pas figée dans ta peine !

Il pleure. C'est la première fois que je vois mon père pleurer. Pleurer de peine. Je l'ai vu verser des larmes quand maman a accouché de Thomas-Denys. Mais pleurer de chagrin, c'est la première fois. Je pourrais me laisser aller dans ses bras et pleurer tout mon soûl. Pleurer jusqu'à l'épuisement total, pleurer jusqu'à être vidée, anesthésiée peut-être un peu.

— Sors d'ici, sont les mots qui jaillissent de ma bouche.

La douleur prend toute la place et m'enlève toute possibilité de communication.

Mon père me traite d'égoïste et claque la porte. Il la claque tellement fort que les cailloux bougent dans le grenier.

▲▼▲

Un médecin est venu aujourd'hui. Il était très gentil. Je suis restée couchée pendant qu'il me parlait. En répondant à ses questions, je me suis rendu compte encore une fois que j'ai toujours eu des périodes de tristesse. Ce matin, elle m'est apparue tellement grande que toute mon envie de vivre s'est étouffée dessous. Qui m'a laissé cette tristesse en héritage ? Et cette douleur d'amour qui n'en finit plus. Que faire pour ne plus les sentir, là, plus présentes que les battements du cœur ?

Le docteur a laissé une ordonnance à mes parents. Paxil. Antidépresseur.

Il est deux heures du matin quand je me décide à sortir. C'est une nuit chaude, avec un vent léger. Pas de lune, juste ce qu'il faut de noirceur pour progresser dans ma décision.

Je marche vers la mer d'un pas décidé. Mes cailloux pèsent lourd, c'est parfait. Je les serre très fort de mes deux bras pour les retenir. Je vais vers mon destin. Je ne me serai pas appelée Virginia pour rien. Comme Virginia Woolf, je vais mourir noyée, et pour moi ce sera emportée par les vagues du Saint-Laurent. La citation trouvée sur la plage il y a quelques années me confirme mon destin : ça devait être elle qui m'appelait à travers les eaux. Elle a trouvé la paix, je la trouverai aussi. Nous deviendrons des jumelles dans la mort, laissant nos âmes dériver dans les profondeurs des eaux. Par-dessus mon t-shirt, je porte un très grand gilet en coton ouaté avec une large poche à l'avant, et dedans, j'ai mis tous mes cailloux. Comme Virginia.

Les deux pieds dans l'eau, je prends le temps d'arrêter avant d'avancer pour de bon. Mon cœur bat très fort alors que j'avais imaginé un moment doux, calme, serein.

Mais je ne veux plus souffrir, je n'en peux plus de souffrir.

L'eau monte. J'en ai maintenant jusqu'à la poitrine. La marée grimpe assez vite. Je n'entends plus que le bruit de l'eau et mon cœur. J'ai l'impression que le pouls de la mer me bat les tempes. Est-ce que la mer garde en mémoire toutes les morts et les désespérances ? Qu'est-ce que ça fait de mourir noyée ? Vais-je étouffer longtemps ou la mer m'emportera-t-elle dans ses bras, loin, très loin de cette douleur ?

Une vague un peu plus grosse arrive sur mon menton. J'ai froid. Instinctivement, je croise les bras pour me réchauffer. J'effleure du bout des doigts le bracelet de l'Amérindienne. Ce n'était pas une garantie pour l'amour mais pour la mort. Peut-être s'est-elle trompée durant ses incantations. J'essaie de l'enlever, avec rage, mais je n'y arrive pas.

Je crois que mon cœur va lâcher avant que je me noie. Je regarde l'eau venir me prendre, la mer est immense, noire et mystérieuse. J'ai hâte que mon corps se fonde en elle, qu'elle emporte tout mon chagrin d'amour dans ses courants marins. À la première vague dans la bouche, je lève la tête, comme pour défier la mort. À la deuxième, le goût salé de cette mort prend possession de ma gorge. Je tente de nager, mais impossible, je suis figée sur place. Mon coton ouaté, par le poids des pierres, descend sur mes genoux, mes pieds sont enfoncés dans la glaise jusqu'aux chevilles et j'ai de la difficulté à bouger. Je veux crier « Maman ! » mais l'eau me submerge, m'étouffe. Ça y est. Je vais passer de l'autre côté. Vite ! que la paix m'inonde.

Une brûlure parcourt mon ventre. Puis, un grand trou noir.

La rencontre

Je suis couchée sur le côté, les bras et les jambes repliées contre moi. Suis-je revenue dans le ventre de ma mère ? Est-ce ça, mourir ? J'ai tellement froid. Mes yeux s'ouvrent et s'habituent tranquillement à la noirceur. J'entends rugir la mer. Elle reste donc avec nous quand on la choisit comme moyen pour aller vers l'au-delà ? Je tousse et crache un peu d'eau salée. Depuis quand les morts crachent-ils ?

Je lève la tête. Tout près de moi, grelottant elle aussi, une silhouette noire tord mon coton ouaté. Le fantôme ? Je soulève péniblement le haut de mon corps et retombe aussitôt, épuisée. Le fantôme me couvre avec

quelque chose, met sa main entre mes omo-
plates et murmure «Chuuut»... Ensuite, il
me semble qu'il parle comme pour lui-même.
Je dois rêver.

Plus tard, en ouvrant les yeux à nouveau,
je vois que l'aube commence à poindre. *Il* est
toujours là, tout de noir vêtu comme chaque
fois que je l'ai vu.

Je n'ai même pas peur. Ma peur est restée
là-bas, prisonnière des vagues. Son visage est
caché par son capuchon, je ne le vois pas,
puisqu'il regarde la mer.

Je murmure, la voix pâteuse :

— Vous êtes bien le fantôme de l'île aux
Sorciers ? C'est vous que je vois marcher sur
la plage la nuit depuis des années, n'est-ce
pas ? Mais qui êtes-vous ?

— Je m'appelle Ludovic.

Il a une voix grave, très calme. C'est une
voix étrange, venue du creux du ventre, et
la dernière syllabe sonne comme en écho.

Je lance :

— Je ne voulais pas sortir de l'eau !

— Ce n'est pas vrai, vous vouliez sortir,
répond-il calmement. Je vous regardais à
distance et tout votre corps se débattait

contre la mort. Je sais ce que c'est. Je suis passé par là... On aimerait cesser de souffrir, mais on ne veut pas nécessairement mourir et pourtant, c'est la seule solution qui se présente à nous.

— Pourquoi ?

L'aube se lève maintenant tout à fait. Le soleil prend place dans un ciel en feu.

Je répète doucement :

— Pourquoi ?

Dans le lever du jour, il retire son capuchon. Lentement, comme à regret.

J'entends la voix de mon père crier « PITCHOUNE ? » puis je le vois apparaître sur la grève en pyjama.

—Pour l'amour de Zeus ! Virginia ! que t'est-il arrivé ? dit-il, terriblement inquiet de mon allure.

Je dois avoir l'air bizarre en effet avec mes cheveux pleins de sel séchés sur le visage, couchée à plat ventre sur le sable.

Pa s'agenouille près de moi, me prend dans ses bras et me relève. Il murmure « mon bébé, mon bébé ». Les larmes se mettent à couler sur mes joues sans que je puisse les arrêter. C'est tellement bon de pleurer dans les bras de mon père.

— J'ai voulu mourir, papa, j'ai voulu mourir. Je te demande pardon ! dis-je à travers mes sanglots.

Le sel de mes larmes se mêle au sel de la mer et tout goûte bon, tout goûte la nouvelle vie. Mon père caresse mes cheveux férocement et me tient très fort et lui aussi laisse aller ses larmes.

— Je te demande pardon aussi, Virginia. Je… j'aurais dû être plus attentif… Tu es une fille sensible et… et… c'est vrai que ça fait tellement mal, un chagrin d'amour, mais il faut que tu nous parles, ma puce, tu dois parler, comprends-tu ? C'est là que réside la guérison, parle à ta mère, à qui tu veux, mais parle ! On n'aurait pas dû t'appeler Virginia, JE n'aurais pas dû, c'est ma faute !

Quand il me remet sur mes pieds, nous apercevons une grande tache de sang sur mon t-shirt à la hauteur du nombril. Je soulève le t-shirt et je découvre que mon anneau n'est plus là, et qu'en s'arrachant, il a déchiré une partie de mon nombril. Je repense à la brûlure que j'ai ressentie au moment où le fantôme m'a prise par la gorge. Je me retourne pour demander des explications à Ludovic. À travers ces

retrouvailles avec mon père, j'ai complètement oublié son existence.

Ludovic a disparu.

L'appel du passé

Je me lève toutes les nuits pour l'apercevoir près de l'eau comme avant, mais il ne vient pas. Je passe mes journées à écrire mon journal, à désinfecter la plaie sur mon ventre, à marcher longtemps près de la mer. Mon père m'a lu une citation de Henry David Thoreau : « La nature, à chaque instant, s'occupe de votre bien-être. Elle n'a pas d'autre fin. Ne lui résistez pas. » C'est à ça que je pense quand je marche près de l'eau et que je suis plus attentive aux chants des oiseaux et à la lumière.

▲▼▲

Je n'ai pas rêvé! J'ai encore le chandail noir qu'il m'a mis sur le dos cette nuit-là. Mais pourquoi ne revient-il pas? Je n'ai pas été dégoûtée à la vue de sa joue brûlée, fondue en une cicatrice qui lui barre une partie du visage. Regrette-t-il de m'avoir parlé?

Depuis ce que j'appelle *la nuit Woolf*, il y a un grand calme en moi. J'ai l'impression d'avoir vieilli de dix ans d'un seul coup. D'avoir été propulsée dans le monde adulte durant cette nuit qui a soulagé ma peine. Je suis persuadée que la mer est venue chercher mon chagrin. A-t-elle appelé le fantôme, je veux dire Ludovic, de ses chants mystérieux? A-t-elle crevé la poche de tristesse depuis si longtemps collée à mon cœur?

Ai-je rêvé ou l'ai-je vraiment entendu parler des nuits qui le tiennent éveillé parce qu'il sent encore le feu prendre possession de son visage, de son épaule et de son bras. Durant ces nuits-là, selon le temps qu'il fait dehors, il peint ou il va marcher près de l'eau. Cette même eau qui a apaisé ses brûlures il y a quelques années.

▲▼▲

J'ai appelé Ludivine. Elle vient passer deux jours avec moi. Je vais la chercher à l'arrêt d'autobus. Aussitôt qu'elle descend, elle lance son sac par terre et se précipite dans mes bras.

— J'en reviens pas, Virginia ! dit-elle en pleurant et en me serrant très fort. Si tu savais comme je me sens coupable. Torvis de con d'oncle Gérard ! Je l'haïs comme c'est pas possible ! Dis-moi que tu vas bien, hein ma grande, tu vas bien ? Tu ne referas plus ça, hein, il faut que tu promettes, mais veux-tu ben me dire pourquoi tu m'as pas appelée avant de te garrocher dans les vagues ?

— Calme-toi, lui dis-je, calme-toi. Ça ne se passe pas comme ça, Ludi… Je n'avais plus le goût de rien. Ni de parler, ni de manger, ni de quoi que ce soit. J'avais juste le goût de partir vers un endroit où ça ne fait plus mal. Tu comprends ?

Ludivine hoche la tête.

Nous marchons vers la maison, main dans la main, comme deux enfants qui n'ont rien d'autre à se dire que cette affection qui les unit.

▲▼▲

C'est jour de pluie, mes parents et Thomas-Denys partent à la ville la plus proche pour aller à une grosse épicerie. Ils hésitent à me laisser seule mais je les rassure : « Vous devez me faire confiance. »

Je décide d'aller explorer le grenier. Je mets l'escabeau sous la trappe et monte là-haut. Deux petites fenêtres, une à chaque bout de la maison, jettent à peine une lumière pâle dans la pièce. J'ai apporté une grosse lampe de poche.

Près de la trappe, il n'y a rien. Que de la poussière et des vieux journaux. Je marche à quatre pattes pour explorer jusque sous la pente du toit. Des poutres hachurées traversent la pièce. En plein milieu, on peut marcher sans se cogner la tête contre le toit. Je me dirige vers l'autre bout du grenier. Quatre vieilles couvertures de laine suspendues aux poutres me séparent du fond de la pièce. J'en écarte une pour voir ce qu'elles cachent. Mon cœur bat très vite. Pourquoi ne suis-je pas venue ici plus tôt ?

Devant moi sont alignés cinq gros coffres en pin. Ça sent bon. Ça sent le passé, comme dans les magasins d'antiquités. Cette odeur m'a toujours troublée. Quand nous prenons la route pour venir jusqu'ici, nous sommes tous d'accord pour arrêter chez les anti-quaires. À Cacouna, il y a un magasin d'anti-quités dans une vieille grange. Je peux passer des heures là-dedans. Comme si une voix m'appelait, me demandant de rester. Je res-pire l'odeur des vieux meubles, prends des objets anciens dans mes mains. Sur un des murs de la grange, il y a un très vieux tableau représentant un jeune homme. Personne ne l'achète, chaque année, il est toujours là, à sa place. Depuis le deuxième été, je lui dis bonjour. «Un jour, je viendrai te chercher, lui dis-je tout bas, mais pour le moment mon argent de poche ne me le permet pas.»

À côté des coffres, il y a un vieux rouet, deux patères, plusieurs chaises et un berceau rempli de dentelles de toutes sortes. Je veux ouvrir un coffre, mais une certaine gêne m'en empêche. Je me sens fouineuse. Après tout, je ne suis pas chez moi. Je tourne autour un bon moment, puis, n'y tenant plus, je récite *ma p'tite vache a mal aux pattes* pour décider lequel d'entre eux livrera son trésor le premier.

Le plus petit remporte le droit d'être ouvert le premier. Il doit faire à peu près un mètre de long. J'accroche ma lampe de poche sur un vieux clou forgé enfoncé dans une poutre. Au moment de soulever le couvercle, un coup de tonnerre retentit si fort que je laisse aller le couvercle et me mets instinctivement en petit bonhomme. Bateau que j'ai fait un saut ! Une série d'éternuements me cloue au sol un bon moment. Poussière.

Dehors l'orage gronde, j'entends le bruit de la pluie sur le toit. J'ai le sentiment de ne faire qu'un avec la maison, de faire partie d'elle, de ses souvenirs. Un sentiment d'apaisement m'envahit, le même que lorsque Ludovic a mis sa main sur mon dos à la plage.

Dans le coffre, il y a des dizaines et des dizaines de lettres, de petits dessins, des images pieuses, des vieilles cartes postales. Je prends une lettre au hasard, doucement, il ne faut pas abîmer ces trésors d'un autre temps. Je m'installe sur une vieille chaise berceuse et l'ouvre. Elle est datée du 17 juin 1884. L'écriture est fine et gracieuse. Du moins ce qu'il en reste. L'encre a pâli avec le temps, il ne reste que des fils d'encre brunie, de petits hiéroglyphes dansant sur le papier. Je détache les feuilles, il y en a six, et les deux dernières sont lisibles. Comme si la personne avait changé de plume et que l'encre était plus épaisse, plus abondante.

... je t'en conjure, ma douce amie, ne m'abandonne pas dans cette épreuve, je ne m'en remettrais pas. Je prie Dieu qu'il m'accorde la force de pardonner à mon père ce mariage forcé. Si je dois m'y soumettre, je deviendrai sûrement folle. J'ai peine à croire que cet homme mettra ses mains sur moi. C'est un monstre! Et il est si vieux! Pourquoi ne puis-je pas vivre mon amour avec Charles-Édouard au grand jour? C'est lui que j'aime et non ce vieillard répugnant qu'est le notaire! Si seulement mon père n'avait pas bu autant, il n'aurait pas été obligé de s'astreindre à ce chantage immonde. Je suis bien malheureuse, ma chère et douce amie, bien malheureuse. Je t'embrasse tendrement.

Ton amie pour toujours,

Adeline

Elle a pleuré. Des traces sur la page en témoignent. Elle a pleuré et cela me touche au plus profond de moi-même. Je me sens liée à elle par nos amours perdues, par cette impossibilité de vivre notre amour librement.

Je trouve soudain bien stupides ces messages que j'adresse à mes amies par courriel. Ridicules.

Les rêves

Depuis la nuit Woolf, il ne se passe pas une nuit sans que je rêve. Toujours des rêves d'eau, de mer, qui s'accrochent à de petits détails et se transforment en une histoire abracadabrante.

Une nuit, ma mère est venue dormir avec moi. J'avais crié dans mon sommeil. C'est elle qui m'a conseillé d'écrire mes rêves. Elle dit que c'est un bon moyen pour voir clair en soi-même. Je me suis rendormie pendant qu'elle jouait dans mes cheveux.

Rêve 1 : Le tableau représentant le jeune homme, celui de la grange aux antiquités, flotte sur la mer. Je suis nue et j'attends au bord de l'eau que le tableau échoue sur la grève. Soudain le tableau a une voix, celle du jeune homme. Il crie : « Reviens-moi ! Reviens-moi ! » Je m'élance et je nage jusqu'à lui. Quand je le saisis, il se transforme en pierre et je me noie.

Rêve 2 : Virginia Woolf entre dans ma chambre et dit : « Suis-moi. » Je sors du lit et je la prends par la main. Je porte le pyjama que papa avait le matin de la nuit Woolf. Au bord de l'eau, Virginia me demande : « Es-tu prête ? » Je réponds : « Oui. » C'est un moment calme, serein, doux. Nous nous enfonçons dans l'eau main dans la main.

Rêve 3 : Antoine est loin sur un bateau. Je lui crie de revenir. Il me crie à son tour : « Nage jusqu'ici ! » Je nage, je nage sans fin et plus je nage, plus il s'éloigne. Quand je coule, épuisée, j'entends son rire, très fort, en écho.

Rêve 4 : La mer est déchaînée. Elle emporte tout sur son passage. Nous savons que dans quelques minutes, nous y passerons tous. Mon père sort sa lampe de poche. Je prends mon petit frère dans mes bras. Mon père et ma mère se tiennent par la main. Mon père laisse tomber la lumière quand la première vague pénètre dans la maison. Je me débats dans les débris, je cherche mon frère. Nous nageons dans le noir en criant.

Rêve 5 : Je suis bien. Je flotte sur le dos. La mer est calme. Mon t-shirt est maculé de sang à la hauteur du nombril. Soudain, je sens une main qui m'empoigne par le cou. Je me débats, j'étouffe. Je finis par voir la personne. C'est Antoine. La mer se met à rugir dans mes veines. J'ai la force de mille tempêtes. Je le saisis à la gorge et le pousse dans l'eau. Il se débat. Il me demande pardon.

Rêve 6 : Je marche avec Ludovic au bord de la mer. Il me dit : « Avant j'étais beau comme l'homme du tableau. » Je me tourne vers lui, je suis devenue Adeline, je touche ses cicatrices du bout des doigts et je lui dis : « Tu seras toujours mon amour, Charles-Édouard. » Nos pieds s'enfoncent dans la glaise pendant que nous regardons la mer.

Rêve 7 : Je fouille dans le plus gros coffre. Je trouve une robe magnifique, on dirait une robe de mariée. Elle est beige et des volants de dentelle ornent les manches et l'encolure. Des dizaines de jupons sont retenus à la taille par un immense ruban de satin. J'enfile la robe et je descends du grenier. Je vais vers la mer. L'eau s'engouffre sous les jupons qui se gonflent autour de moi. Bientôt la robe est si lourde que je ne peux plus avancer ni reculer. Je crie très fort et pourtant aucun son ne sort de ma bouche.

L'art

Mon père et moi sommes assis dans le solarium. Il lit un roman de Victor-Lévy Beaulieu.

Je lui demande :

— Dis donc, pa, qui sont les propriétaires ici ?

— C'est une dame, Marie-Rose. Elle habite à quelques kilomètres d'ici, dans les terres. Pourquoi ? demande-t-il sans quitter son bouquin des yeux.

— Oh ! Par curiosité, pa. Je me demandais pourquoi on ne voyait jamais les propriétaires.

— C'est parce que j'ai loué par Internet. Je fais parvenir le chèque à la dame trois semaines avant notre arrivée. Comme il n'y a jamais rien qui cloche avec la maison, je n'ai pas à l'appeler. Elle semble timide. Je l'ai rencontrée, une fois, à la boulangerie du village. Elle est très gentille. Elle enseignait les arts au cégep et puis son fils a eu un accident. Il a été brûlé au visage. Depuis ce temps, elle peint à temps plein et elle expose dans toutes les galeries du coin. Son fils aussi.

Je hurle presque :

— Son fils aussi ? QUOI ?

Mon père lève le nez de son bouquin.

— Son fils peint ! Enfin, je te dis ce que le boulanger m'a raconté. Tout cela est vérifiable, j'imagine.

— Oui et tout de suite à part ça ! Tu me donnes l'adresse de cette Marie-Rose ? dis-je, tout excitée.

Je suis debout derrière mon père et je lui bécote les cheveux. Il ne bouge plus.

— Allez, grouille, pa Falardeau !

— Qu'est-ce qui presse tant que ça, Virginia ? demande-t-il avec un air soudain inquiet.

— Va me chercher l'adresse et je te raconte tout, dis-je, pressée d'en finir avec cette discussion.

Il se met à rire et se rend dans la cuisine. Il en revient avec un bout de papier.

— Est-ce par curiosité pour l'histoire que je viens de te raconter que tu veux cette adresse ?

— Entre autres choses, oui…

— Allons, Virginia, raconte ! Ce n'est pas ton genre de t'accrocher à des ragots de village. Que se passe-t-il ? demande-t-il en se rassoyant et en me faisant signe de m'asseoir aussi.

Je lui raconte tout. Toute la nuit Woolf. Comment Ludovic m'a sortie de l'eau, sa voix apaisante. Il pleure. Il s'excuse encore de m'avoir appelée Virginia. Je le rassure en lui disant qu'il est le père le plus extraordinaire sur terre, puis j'ajoute, en m'emparant du bout de papier :

— Je prends ton vélo !

À la boulangerie, Monsieur Beaupré m'indique le chemin. J'en ai pour dix minutes à vélo. J'achète une bouteille d'eau et me mets en route. J'en aurai le cœur net.

Il fait beau. Je suis pendant deux ou trois minutes la route principale, puis je bifurque dans la route des Blés. C'est la première fois que je m'aventure dans ces parages. La route est étroite et de chaque côté s'alignent des petites maisons colorées pleines de boîtes à fleurs. Les jardins sont à leur plus beau sous le soleil brûlant de juillet. Je me sens heureuse d'être ici.

Au bout de la route des Blés, je dois prendre le rang des Petits-Fruits, à gauche. Le boulanger m'a dit que je ne peux pas manquer la maison. Elle est jaune et il y a des œuvres d'art partout sur la galerie avant.

Le rang des Petits-Fruits est en gravelle. Une maison blanche avec des volets noirs se dresse du côté droit au début du rang. Ensuite plus rien. Au bout de quelques minutes apparaît enfin une vieille maison jaune avec une galerie immense peinte en blanc. La galerie fait tout le tour de la maison. Il y a des toiles un peu partout : sur de vieilles chaises en osier, sur des tables en bois. Des boîtes d'impatientes fleurissent abondamment à l'abri du soleil direct, accrochées sous les fenêtres. Je reste quelques minutes à regarder ce lieu où tout baigne dans un calme quasi surnaturel pour qui vient de la ville. Je dépose mon vélo près de l'entrée et je m'avance vers la galerie.

Je veux jeter un regard rapide sur les tableaux mais, stupéfaite par ce que je vois, je m'attarde plus longtemps. Les tableaux semblent tout droit sortis de mes rêves !

Tous mes rêves sont là, dans ce monde d'eau et de mer : des tourments, des joies, des remous angoissants, des eaux calmes et apaisantes. J'examine avec attention celui où une jeune femme est représentée, gisant nue sur le dos, se laissant porter par la mer. Les couleurs sont sublimes. Je ne connais rien à la peinture, mais ce que je vois sort tellement de l'ordinaire, ce sont des âmes qui crient sur la toile. Je prends dans mes mains le tableau qui me trouble tant. C'est magnifique ! Mes yeux cherchent la signature : L. Roy-Lefrançois.

Je remets le tableau à sa place et fouille dans une pile d'autres tableaux posés contre le mur de la maison. Il y en a de toutes les grandeurs. Je les passe les uns après les autres, admirant le talent de ces deux personnes : M.-R. Roy et L. Roy-Lefrançois. Je veux m'arrêter quand un tableau attire mon attention par ces mots écrits tout en haut de la toile : *Pour Virginia*. Perdus dans la couleur bleue de la mer, les mêmes mots que ceux que mon père me disait, les mêmes mots que ceux écrits dans le sable il y a cinq ans.

La toile est bouleversante. On y voit Virginia Woolf, sous l'eau, les pieds nus entourés de cordages. Son manteau est entrouvert et laisse voir son corps. De la gorge au nombril, la peau est ouverte comme les pages d'un livre, et l'on peut voir dans son cœur. Dans ce cœur, c'est elle qui crie. Et pourtant son visage, plus haut, reflète une paix immense. Mon père aurait adoré ce tableau avant la nuit Woolf.

Une clochette est installée près de la porte à côté d'une plaque de bois où il est inscrit : Galerie d'art Roy-Lefrançois. J'agite un peu la clochette. Je veux une réponse et, en même temps, j'ai peur que quelqu'un vienne répondre. Que dire à cette dame si c'est elle qui répond ? Que dire à Ludovic ?

Au bout d'un moment, je décide de me diriger vers l'arrière de la maison. Il n'y a pas de voiture, ils sont sûrement sortis faire des courses. Je marche sur la galerie. J'ai chaud, ma bouteille d'eau est vide. Je rassemble mes cheveux sur la nuque et les attache avec un élastique trouvé dans une de mes poches.

Je marche et je suis stupéfaite de voir ce qui s'offre à mes yeux. Le terrain est complètement fermé par des arbres, des buissons, de la vigne qui grimpe un peu partout, s'accrochant à tout ce qu'elle trouve sur son chemin. C'est comme ça sur au moins 30 mètres de terrain. Et puis au bout, il y a une ouverture sur un immense jardin, jamais je n'en ai vu de semblable. Des rangs à n'en plus finir de plants de tomates, de concombres, de fèves, de pois. Tout y est. Il y a aussi une cabane pour des poules et des canards.

Et il est là, le fantôme, à genoux dans la terre, sarclant et désherbant à mains nues.

Les odeurs de la terre

Ludovic ne m'a pas entendue. Il porte un grand chapeau de paille sur la tête et une espèce de moustiquaire blanche sur le visage. Sur ses bras, il y a au moins un centimètre de crème solaire. Je sais que c'est lui à cause des vêtements noirs qu'il porte, même par cette chaleur.

J'ose avancer et lui lancer :

— Salut ! Alors je n'ai pas rêvé, vous existez vraiment !

Il relève lentement la tête, ne paraît pas surpris d'entendre une voix humaine s'élever parmi le chant des poules et des canards. Je ne peux voir clairement l'expression de son visage, mais tout son corps reste dans un état de calme désarmant.

— Je ne sais pas pourquoi, chaque fois que nous nous rencontrons, vous me prenez pour un fantôme… dit-il d'une voix où perce une sorte d'indifférence.

— C'est une vieille histoire! Maintenant je vois bien que vous existez, dis-je nerveusement.

— Je pourrais disparaître là, tout de suite, sous vos yeux… si j'en avais le pouvoir. Mais je ne l'ai pas. D'ailleurs, ça m'aurait bien souvent servi, si je l'avais eu, ce pouvoir-là.

Je lance spontanément:

— Pourquoi?

Idiote! Tu oublies son visage!

— Parce que mon visage repousse les gens. Il m'a souvent été pénible de voir leur réaction et oui, j'aurais aimé avoir le pouvoir de disparaître. Maintenant, ce n'est plus le cas. Je ne fais pas exprès pour m'afficher mais ceux que ça dérange, je les plains. C'est parce qu'ils ne savent pas voir de la beauté là où il y en a.

Surprise de sa réponse et de sa franchise, je ne peux que me taire. Décidément, ce gars-là n'est pas comme les autres. J'en viens à redouter encore une fois qu'il ne soit pas un fantôme. Pas un de mes amis ne parle comme lui.

Je m'approche un peu. Ai-je rêvé sa main sur mon dos l'autre nuit à la plage ? Et si je le touchais, juste pour voir s'il ne s'évapore pas ? Juste pour voir si ma main ne passe pas à travers lui, comme dans les films ?

Virginia, tu déconnes, ma vieille. Tu es ridicule ! Pourquoi as-tu tant de mal à accepter cette réalité ? Parce qu'elle dépasse ta petite vie de fille moderne qui ne pense qu'à la musique pop, à sa peine d'amour, à ses fringues ? Parce que tu sens que lui, il est ailleurs, dans une dimension plus grande ?

— Ça va mieux, Virginia ? demande-t-il sans lever les yeux de ses mains qui fouillent la terre.

— Oui ! Oh, oui ! Beaucoup mieux. Vous savez mon nom…

— C'est la mer… murmure-t-il.

— Pardon ? dis-je, un peu perdue dans cette conversation qui se mêle à mes pensées.

— C'est la mer, répète-t-il. Si la mer a décidé qu'elle vous rendait la vie, c'est qu'elle a repris une part de vos tourments.

— Croyez-vous que la mer vous a appelé cette nuit-là pour que vous me sauviez ? que je demande, de plus en plus nerveuse.

— Ça, je ne le sais pas. Il faut bien qu'il reste quelques mystères, vous savez. Des choses inexplicables. Mais ce n'est pas pour rien que vous avez choisi de vous rendre à l'eau vers deux heures du matin.

— Que voulez-vous dire, Ludovic ?

— Je veux dire que c'est l'heure à laquelle je vais, moi, à la mer. Et vous m'avez confirmé l'autre jour que vous m'observiez parfois, la nuit.

— Vous voulez dire qu'inconsciemment j'ai pensé que vous seriez là pour me sauver ?

— Peut-être…

Je le regarde jouer dans la terre. Il ne relève pas la tête quand il me parle. Tout son corps est entièrement livré à ce qu'il est en train de faire : arracher les mauvaises herbes.

— Je peux vous aider ?

Mais pourquoi cette phrase vient-elle de sortir de ma bouche ?

— Vous n'êtes sûrement pas venue ici pour m'aider à jardiner, rétorque-t-il, un brin sarcastique. Alors?

Je presse mes mains l'une contre l'autre. J'ai chaud. Dans mon cou, il y a des rigoles de sueur bleues, à cause de mes mèches qui déteignent. Je me sens conne.

Je réussis à articuler tant bien que mal:

— Je voulais vous remercier pour ce que vous avez fait. Et puis, je vous l'ai dit, je voulais savoir si vous existiez vraiment. Depuis que je suis petite que je me le demande.

— Comment vous sentez-vous de savoir que j'existe? demande-t-il.

— Déçue, parce que cette histoire faisait partie de mon enfance. Et intriguée, parce que vous êtes une personne mystérieuse.

Devant son silence, j'ajoute, d'une voix plus dégagée:

— Bon, puis-je vous aider finalement?

— Si ça vous tente! Regardez sur la galerie, il y a des gants de jardinage. J'imagine que vous ne voulez pas mettre vos mains dans la terre!

— Euh... non, au contraire, j'aimerais bien...

— Bon, alors, prenez de la crème solaire, dans ma poche, là, à gauche. Venez la chercher, mes mains sont pleines de terre.

Je m'approche en marchant entre deux rangs de concombres. À un mètre de lui environ, je m'arrête, indécise. Il remarque mon hésitation.

— Oh ! je comprends ! Vous n'osez pas approcher à cause de mes blessures. Attendez…

— Non ! Non ! Ludovic, ce n'est pas ça ! C'est juste que je me sens un peu effrontée de vous proposer de vous aider.

Il me tend finalement la crème avec sa main gauche, celle qui est brûlée. J'avance la main en essayant de voir ses yeux sous la moustiquaire. Ils sont baissés vers nos mains qui se rapprochent. Il murmure :

— *Je plonge tout ruisselant dans les ondes limpides de l'enfance, et son voile diaphane frissonne…*

— C'est donc vous qui avez écrit ces mots sur le sable il y a longtemps, dis-je, hésitante.

— Oui. La nuit où j'ai voulu mourir, moi aussi, confie-t-il.

Je lui demande, étonnée qu'il ne ressente aucune gêne à se livrer ainsi :

— Pourquoi vous ne l'avez pas fait ?

— Quoi ?

— Mourir.

— J'ai pensé à mon arrière-grand-père. Je ne l'ai pas connu, mais ce que j'ai appris de lui a créé chez moi un attachement. Comme si je retrouvais en lui quelque chose qui me rejoint. Il s'était battu pendant des années au nom de l'amour. Il avait aussi perdu une jambe après un accident de cheval, et jamais, jamais, il n'a manqué de courage. Je ne sais pas si vous avez déjà ressenti ça, cette espèce d'appel du passé ? On voudrait tout connaître de cette personne. Alors à chaque vague qui me submergeait, j'étais soulagé de mes brûlures, mais mon cœur souffrait de penser que mon arrière-grand-père aurait pu me trouver lâche. Et puis il y avait ma mère. Depuis l'accident, elle a tout fait pour moi. Ma mère est une personne extraordinaire. Jamais je n'ai vu une parcelle de pitié dans ses yeux. Je n'ai vu que de l'amour, l'amour immense qu'elle porte à son fils.

Ludovic réalise que nos mains sont restées sur le tube de crème tout le temps qu'il a parlé. Quand il se tait, il retire sa main. Doucement. Je ne suis pas dégoûtée d'avoir effleuré sa peau, parce que sa voix, et tout ce qu'il est, prennent toute la place dans ce moment.

Je me risque à demander :

— Pourquoi portez-vous toujours des vêtements noirs ?

— Parce que mon corps est du côté de la suie et des cendres, dit-il.

Il a recommencé à travailler la terre. Je m'agenouille près de lui, je mets de la crème sur mes bras et ma nuque et je replace le tube de crème dans son tablier de jardinier.

J'apprends les odeurs de la terre et le chant du vent, quand il traverse un jardin en plein été.

▲▼▲

B vient passer la fin de semaine à l'Anse. Je suis contente de la voir. Elle me prend dans ses bras et me dit qu'elle m'aime. J'essuie une larme et je monte à ma chambre. J'entends B qui fait du bruit dans la sienne avant de cogner à ma porte quelques instants plus tard. Il me semble qu'elle a changé. Je la trouve moins beige.

— T'as mis ma jupe! dis-je, étonnée. Viens ici! que j'ajoute en tapant sur le lit.

B s'assoit près de moi. Elle a un air grave tout à coup.

— T'en fais une tête! Je vais bien, si c'est ça qui te met dans cet état, dis-je.

Elle répond:

— J'ai une lettre pour toi. C'est Antoine...

Je me lève d'un bond et je lance:

— Antoine! Une lettre! Qu'est-ce que c'est que cette histoire! Antoine n'écrit jamais de lettres! Les gens ne s'écrivent pas de lettres! On n'est pas en 1950 à ce que je sache!

— Calme-toi, sœurette, calme-toi. Si tu ne veux pas la lire, je la jette au feu, c'est tout. D'ailleurs, je me demande si tu ne serais pas mieux de la détruire, dit-elle.

— Pas question! que j'affirme. Donne-la-moi! Tout de suite!

B s'en va dans sa chambre chercher la lettre. J'ai soif d'avoir des nouvelles d'Antoine et en même temps j'ai peur, tellement peur.

Je me gruge un ongle pour me calmer. Je n'ai jamais fait ça de ma vie, ronger mes ongles. B me tend la lettre. Une enveloppe blanche, sans dessins, avec mon nom et mon adresse au stylo bleu. Je la tourne et retourne longtemps entre mes mains.

Je marmonne :

— Il aurait pu se forcer un peu, je sais pas, moi, mettre quelques autocollants, des papillons, des fleurs.

— Virginia, tu parles d'un GARS, penses-tu qu'un gars va aller acheter des petits papillons pour décorer son enveloppe ?

— Ouais, t'as raison. Tu peux rester pendant que je lis ? dis-je, bouleversée.

— Bien sûr ! Allez, on fait comme quand on était petites, ça te tente ?

— D'accord, dis-je tristement en repensant à tout ce qui nous a éloignées, B et moi.

Maudite adolescence !

B s'assoit par terre, le dos contre le mur. Elle écarte les jambes et je me glisse contre elle, mon dos appuyé contre son ventre et sa poitrine. Quand nous étions petites, nous écoutions parfois la télé installées comme ça. Ça émouvait ma mère chaque fois. B me jouait dans les cheveux. Elle faisait des *peignures*, comme elle disait de sa voix de petite fille.

Je déchire l'enveloppe. B m'entoure de ses bras et murmure « je suis là, p'tite sœur, je suis là ».

Mes mains tremblent. Pendant un instant, j'ai peur de retrouver cette douleur déchirante qui m'a menée à la mer. Je me sens tellement fragile. J'ai le sentiment d'être une mince couche de glace qui pourrait se rompre si on lui portait un coup.

Chère Virginia,

J'ai choisi de t'écrire comme ça pour que ça soit plus personnel. Notre histoire a été une belle histoire. Je ne l'oublierai jamais. Tu as été et tu resteras pour toujours mon premier amour. Mais nous sommes encore des « enfants » qui doivent suivre leurs parents. J'essaie de refaire ma vie ici. Vancouver est une grosse ville qui permet la distraction, ce qui facilite l'oubli.

Nous avons vécu notre premier chagrin d'amour. Ça fait mal, très mal. Je n'ai plus de colère et je n'ai pas le choix de regarder en avant, vers l'avenir. Je t'en souhaite autant. Nos vies prendront des chemins différents et il faut croire que c'est mieux pour nous. Je ne t'enverrai plus de courriels. Excuse-moi pour les courriels un peu froids que tu as reçus, mais j'avais pris ce moyen pour mettre de la distance entre nous. Après, je me suis dit qu'il valait mieux aller vers la vérité.

Je te souhaite d'être heureuse, Virginia, tu es une fille extra, ne l'oublie pas,

Antoine

Mes larmes coulent sur la lettre, comme les larmes d'Adeline ont coulé sur la sienne. Je me recroqueville contre ma sœur et je pleure. Je pleure tellement que j'ai l'impression que mon corps se vide, perd toute sa pesanteur. Il n'y aura plus d'attente ni d'espoir. Ce sera juste l'été le plus triste de ma vie.

L'orage

Je retourne chez Ludovic. Un jour, puis le lendemain et le surlendemain. Et le jour d'après. Sa mère s'est absentée pour une exposition à Toronto. La présence de Ludovic m'apaise.

Le temps semble toujours rempli de belles choses avec lui. De ces choses auxquelles je n'ai jamais accordé d'importance. Nous donnons à manger aux poules et aux canards, nous nettoyons le jardin, je l'aide à vendre ses tableaux. Je ne suis jamais entrée à l'intérieur de la maison, sauf dans la partie avant qui sert de magasin. Ludovic va seul nous chercher de l'eau et des fruits et je retiens mes envies de pipi pour ne pas le mettre mal à l'aise. Nous ne parlons pas beaucoup. Le temps flâne entre nous deux et ça me fait du bien.

J'arrive après le dîner et je repars avant le souper. Quand j'enfourche mon vélo, il me dit « à demain ! ». Alors je reviens.

▲▼▲

Le ciel se couvre tout d'un coup. À peine avons-nous le temps de ramasser les outils de jardinage que l'orage s'abat sur nous. Assis sur la galerie, nous regardons le ciel et la pluie quand je lui dis : « Vous pouvez enlever votre moustiquaire, Ludovic, il ne fait plus soleil. »

Lentement, il enlève son chapeau de paille puis il prend les rebords de la mousti-quaire entre ses doigts et la fait glisser jusqu'à sa nuque. Il regarde droit devant lui. Il démêle ensuite ses cheveux avec ses doigts et les rassemble. Il sort un cordon de cuir de sa poche et les attache.

Je suis assise du côté intact de son visage et je suis surprise de constater que de ce côté-là, rien ne paraît, à part une bande étroite de peau foncée qui couvre sa pomme d'Adam. Ses yeux sont verts, presque turquoise. Son nez est assez long, mais il surplombe une bouche charnue, *sensuelle*, comme dirait ma mère. Ses cheveux châtains frisottent sur la nuque à cause de l'humidité. Sur son bras, le poil blond frémit sous le vent. Il a encore son air d'adolescent, mais quelque chose d'un homme émerge de son corps. La souffrance peut-être ?

Un éclair brise le firmament.

— J'ai bien passé l'inspection ? demande-t-il sans se retourner.

— Oui.

Est-ce sa franchise à lui qui déteint sur moi ?

— T'as quel âge, Ludovic ? que je demande, oubliant le vouvoiement.

— Vous… excuse-moi, je suis un peu vieux jeu… Tu comprends maintenant pourquoi les gens préfèrent s'asseoir à ma droite, dit-il sans être ironique. Et… j'ai vingt ans.

Il me regarde fixement puis, nerveux, il éclate d'un grand rire qui retentit sous le toit de la galerie jusqu'au bruit du prochain coup de tonnerre.

— Virginia ?

— Oui ?

— J'aime beaucoup ta compagnie, mais je ne voudrais pas que tu te fasses… disons… des idées. Je ne sais pas ce qui t'attire ici. Peut-être trouves-tu romantique l'idée de rendre visite à un gars solitaire. Si c'est ça, tu perds ton temps. Je suis très bien où je suis et je ne changerais jamais ma vie contre celle d'un petit ami bien beau, bien comme il faut, qui t'attendrait bêtement en ville. Je ne fais pas partie de ton monde, Virginia.

— Tu ne fais peut-être pas partie du monde dans lequel je vis en ville, mais tu en fais partie ici. La mer nous unit, Ludovic, et je te trouve pas mal prétentieux de penser que je pourrais avoir des idées romantiques à ton sujet. N'oublie pas que tu m'as sauvé la vie et que ce sauvetage a évité bien des peines et des tourments. Il a aussi changé mon avenir et même si je ne suis pas encore complètement guérie de ma peine, je t'en serai toujours reconnaissante.

Je me lève d'un bond en souriant puis je vais me placer de l'autre côté, du côté de ses blessures. Je m'accroupis, j'attends un instant et lui embrasse la joue.

Il ne bouge pas.

Je cours jusqu'à mon vélo et quitte cet endroit où je suis si bien.

Le pacte

Les orages durent depuis trois jours. Mes parents en profitent pour aller magasiner dans les villes avoisinantes et visiter des galeries et des musées. Je décide de rester à la maison. Je leur fais encore un sermon sur la confiance et ils partent un peu plus soulagés.

Je continue l'écriture de mon journal. Tous les matins, c'est sacré, j'écris au moins une page. J'ai définitivement cessé la cueillette des pierres. Mon père m'a acheté une tablette à dessins, des crayons-feutres, des fusains et des crayons à mine de toutes sortes. J'essaie d'esquisser le visage de Ludovic d'un côté puis de l'autre. J'essaie de trouver de la beauté dans cette peau brûlée. Mais la beauté, au fond, je la retrouve dans son rire, dans sa voix, dans ses gestes. Est-ce cette beauté-là qu'a soulignée Ludovic quand il m'a parlé de ces gens qui ne savent pas voir la beauté là où il y en a?

Insatisfaite, je jette tous mes croquis. La thérapie par l'art proposée par ma mère ne fonctionne pas aujourd'hui.

Je monte au grenier, espérant faire d'autres découvertes. Comme l'autre jour, il pleut et le son de la pluie étouffe tous les autres bruits. Je fouille dans le même coffre en pin, à la recherche d'autres lettres d'Adeline. Une enveloppe en particulier attire mon attention. Elle est couverte de ce qui semble être du sang séché.

10 juillet 1884

Chère amie,

Mes forces m'abandonnent. Je le jure devant Dieu, je n'épouserai pas cet idiot de notaire. Je ne sais plus que faire. Je ne mange plus et je refuse de sortir de la maison. Père est sans pitié. Il m'a dit que le notaire ramassera ce qui restera de moi en temps voulu. « De la peau et des os », a-t-il dit en ricanant.

Charles-Édouard est venu cet après-midi durant l'orage. Nous avons toujours le même signal : il aboie et se cache dans la grange. Comme mon père est rarement sobre, il ne se doute de rien...

Nous avons fait un pacte d'amour. Nous avons mis un couteau sur nos poignets et nous avons laissé couler le sang entre nos bras, les mains jointes et ses lèvres sur les miennes. « Ensemble pour toujours et à jamais, par-delà les mers et la mort ! » Au moment où nous prononcions ces mots, le tonnerre a éclaté tellement fort que nous nous sommes dit que le ciel bénissait nos âmes. Comme il est touchant de voir un homme qui n'est pas une brute comme mon père. Je t'écris alors que le sang n'est pas encore séché sur mes mains afin que tu sois témoin et gardienne, j'espère, de notre amour. Dieu seul sait ce qu'il adviendra de moi et de mes péchés. Ne m'oublie pas, chère amie, ne m'oublie pas dans tes prières.

Je pense à toi,

Adeline

J'en trouve une autre datée d'une semaine plus tard. Je n'ose pas l'ouvrir. J'ai peur que cette fille ne soit mourante ou déjà mariée à l'affreux notaire. Deux violents coups de tonnerre éclatent coup sur coup. Je pense au pacte d'amour et j'ouvre la lettre.

17 juillet 1884

Chère Amélie-Amanda,

Cette lettre est une lettre d'adieu. Difficile de tout raconter tellement je suis à la fois excitée et effrayée. Charles-Édouard est revenu il y a trois jours, l'air plutôt joyeux, m'ordonnant de manger et de me nourrir convenablement à l'avenir. Devant son bonheur, je ne savais trop quoi dire. Comment arrivait-il à être si heureux sans moi ? C'est alors qu'il me soumit un plan que nous allons réaliser. Un plan qui me demandera toutes mes forces. Ma chère amie, je pars, je quitte ce pays ! En effet, Charles-Édouard a hérité d'une de ses tantes qui l'adorait. Il doit donc se rendre au Sud, je crois que c'est au Massachusetts, pour récupérer son héritage. Le reste de la famille ne se rendra pas là-bas, étant donné le travail à faire ici. Il sera donc le seul à faire le voyage.

Tout est organisé pour ma fuite. Je n'ai qu'à ramasser quelques affaires. J'abandonnerai mon châle et un soulier près de la mer, et je laisserai, sur ma table de chevet, dans ma chambre, un petit mot disant que je n'en peux plus, que je veux mourir. J'espère que mon père et le notaire seront convaincus de ma mort et qu'ils ne me rechercheront pas. Je rejoindrai Charles-Édouard, à la croisée des chemins, un peu avant l'aube. Une fois rendu là-bas, il enverra un télégramme pour aviser qu'il ne rentre pas tout de suite, qu'il préfère

rester un peu au Sud. Je prie Dieu pour
que tout se passe bien. Si un jour je suis
à l'abri de tout ce qui se passe ici, je te
promets, ma douce Amélie-Amanda, de
t'écrire.

Crois sincèrement à notre amitié pour
la vie,

Adeline

Ces lettres me bouleversent. Après leur
lecture, le regard que je pose sur le monde
me semble différent. Il y a tellement d'insi-
gnifiance autour de moi! Je repense aux
partys avec mes amies, à notre façon de nous
défiler de tout par des blagues plates, à la
manie que nous avons de tout ramener à
notre corps, de le faire percer, tatouer, de
teindre nos cheveux encore et encore, jamais
satisfaites, après le bleu on passe au rouge,
après le rouge si on faisait quelques mèches
blondes? De constater ça me jette dans un
état de désarroi. À force de faire les belles
devant nos miroirs, ne passons-nous pas à
côté d'une autre beauté? Et la force de

l'amour, sommes-nous assez intériorisées pour la vivre ?

Mes parents me téléphonent. Ils sont en panne près des Grands Jardins, à cent kilomètres de la maison.

— Est-ce que ça va aller, Virginia, si tu es seule cette nuit ? demande ma mère d'un ton anxieux.

— Oui, oui, maman, t'inquiète pas. Je vais bien, dis-je d'une voix convaincante.

— On a fait remorquer la voiture et on va dormir à l'Auberge des Vents. Tu as un crayon pour noter le numéro ?

— Oui, vas-y.

— Le numéro de l'auberge est le 330-4455. Le numéro de Marie-Rose Roy est dans le premier tiroir de la cuisine, à gauche, dans le petit carnet, si parfois il y a quoi que ce soit.

— Oui, maman ! Je ne suis plus un bébé ! Et Madame Roy est à Toronto, pour ton information !

— La question n'est pas que tu sois un bébé ou non, la question est que nous sommes inquiets à la suite de ce qui s'est passé, ma grande.

— Je sais, je sais, dis-je d'un ton impatient. Je te donne ma parole que je vais bien, OK ? Bonne nuit, maman !

— Bonne nuit, Virginia. N'oublie pas de verrouiller les portes !

— D'accord ! À demain !

Je soupe tard. La pluie ne lâche pas. J'aurais envie de mettre mon imperméable et d'aller voir les grosses vagues, mais je n'ose pas. La nature est déchaînée et je me sens toute petite et vulnérable. Dans la maison, je suis à l'abri. Je me rends compte que j'ai fait ma brave en disant à mes parents que leur absence ne posait aucun problème, mais j'ai un peu peur. J'entends des branches d'arbres tomber sur le toit, le vent rugit dans les fenêtres et je pense à Antoine, là-bas, dans la grande ville de Vancouver…

Je me recroqueville sur le divan du salon. Bientôt, bercée par le bruit de la pluie sur la maison, je m'endors. Je rêve que le visage de Ludovic est une petite planète et que je marche dessus à la recherche de la beauté. D'un côté le feu fait rage et je dois essayer d'en sortir. Sa bouche est comme un volcan qui rugit. Il en sort des phrases comme « Va-t'en ! », « Cherche, cherche encore ! », « À droite, Virginia, à droite, tu dois t'asseoir à ma droite ! ».

Je monte difficilement sur sa joue, je monte et je glisse à nouveau vers sa bouche, toujours prête à m'avaler, à me brûler. Presque arrivée à son œil couleur de mer, du beau côté du visage, une larme glisse, m'emportant avec elle de toute la force d'une vague. Je tombe hors du visage de Ludovic, me perdant ainsi dans l'espace. Je me sens tomber sans fin...

Je me réveille en sueur. Je me lève d'un bond et cherche les interrupteurs. Combien de temps ai-je dormi, prisonnière de ce rêve dément ? Minuit ! J'ai dormi trois heures ! Je fais la vaisselle du souper et je m'apprête à m'installer pour lire quand survient une panne de courant. Bon ! Pas de panique, Virginia, tu sais où sont les chandelles : le premier tiroir de la cuisine !

Je me rends jusqu'au tiroir en question et trouve, en tâtonnant, les allumettes et trois chandelles. J'allume ces dernières puis je les fixe sur une assiette avec de la cire fondue. Je replace les allumettes quand j'aperçois le carnet dans lequel figure le numéro de

Ludovic. On n'appelle pas chez les gens à cette heure-là, bateau! Ai-je peur ou ai-je tout simplement envie de lui parler? Ou envie qu'il me parle, qu'il me raconte sa vie, son accident, la vie de sa mère, n'importe quoi, pourvu qu'il me parle!

Je me rends compte que le silence de Ludovic m'affecte, mon nouvel ami me manque. Peut-être n'aurais-je pas dû l'embrasser. Je suis un peu perdue dans toute cette histoire. J'essaie d'être spontanée, mais comment faire pour ne pas le blesser? J'aime beaucoup sa compagnie, il me semble que j'accède à quelque chose de nouveau, quelque chose qui inscrit en moi un sentiment d'appartenance au monde.

Je soupire. Je crois que je me sens seule.

Soudain je réalise que je ne suis pas seule. J'ai une amie qui vient du passé. Je n'ai qu'à monter au grenier et alors, tout un monde s'offrira à moi. Je prends l'assiette avec les chandelles et je monte à ma chambre.

En déposant l'assiette sur la table en pin près de la fenêtre, je ne peux m'empêcher de regarder dehors. Le vent siffle dans les vitres. Les arbres sont penchés, tremblants, dans cette nuit d'orage. La mer roule ses broues rapidement, furieusement. Je trouve cela magnifique. Cette violence est émouvante. Pourquoi ne se tourne-t-on pas plus souvent vers la nature quand on se sent dépassés, tristes ou inutiles ?

Même dans ce débordement, le paysage me parle, m'invite.

Un éclair fend le ciel et illumine la grève. Debout près de la maison, une silhouette noire regarde vers ma fenêtre.

J'ouvre la fenêtre avec peine car le vent la repousse vers moi. Les chandelles se sont éteintes. Je crie à tue-tête :

— Ludovic ! Attends-moi ! J'arrive !

Je referme la fenêtre de la lucarne et descends à tâtons vers la cuisine. J'ouvre la porte et Ludovic entre tranquillement, comme s'il faisait beau !

— C'est magnifique dehors, Virginia ! Quand la démesure l'emporte, le cœur de l'homme ne peut qu'être conquis. Et puis, j'aime la pluie, elle me fait du bien.

Je rallume les chandelles.

Sa présence est troublante. Il ne m'a jamais paru aussi grand qu'en ce moment, debout près de la porte, habillé d'un grand imperméable noir qui le couvre de la tête aux pieds. Le capuchon le mettrait à l'abri, mais apparemment il ne s'en est pas servi, puisque ses cheveux et son visage sont trempés.

— C'est la première fois que je vois un imper comme ça ! dis-je d'un ton rieur.

— Je l'ai fait moi-même. J'aime beaucoup la couture.

— Tu me surprendras toujours ! que je lui dis avec bonne humeur. Veux-tu l'enlever et t'asseoir ?

Je suis si contente de le voir que je dirais n'importe quoi pour qu'il reste, pour le voir sourire, et peut-être même rire.

Il enlève son imperméable et le suspend à un vieux crochet près de la porte. Durant quelques secondes, je suis transportée dans un autre siècle. La lueur des bougies, les vieux murs de la maison, ce jeune homme qui accroche son vêtement naturellement, comme dans un geste si souvent répété qu'il fait partie intégrante du quotidien. Ce n'est pas juste le fait de voir ça qui me jette en arrière dans le temps, mais une impression de déjà-vu qui provoque un malaise au creux de mon ventre. Je me secoue vivement. Je suis parcourue d'un frisson.

— Tiens, Virginia. Ça tombe bien, tu sembles avoir froid.

Ludovic sort d'une grande poche intérieure – décidément il a pensé à tout! – un sac de plastique dans lequel je trouve mon coton ouaté, celui de la nuit Woolf. Il est lavé et bien plié. Je le dépose sur le comptoir de la cuisine, incapable de l'enfiler. Je trouve étrange de revoir ce chandail, c'est comme ressortir de vieux souvenirs, et pourtant ils ne sont pas loin...

Puis il fouille dans ses poches et me remet mon anneau de nombril. Il est tout déformé. Je le regarde dans le creux de ma main.

— Je n'en ai plus besoin, dis-je. Mon perçage au nombril s'est refermé. C'est lorsque tu m'as tiré hors de l'eau qu'il s'est arraché. Il ne me reste qu'une cicatrice.

— Je suis désolé, dit Ludovic. Je t'en achèterais bien un autre, mais je n'aime pas cette mode. Le corps n'a pas besoin de toutes ces babioles pour exprimer sa beauté.

— Ça fait partie de la crise d'identité, je crois. On a besoin de se trouver et pour ça on veut ressembler à tous les autres. Je suppose que ça nous sécurise. C'est pourtant paradoxal, car si les autres sont tous gris et que je suis rouge, j'ai quand même plus de chance de me repérer !

— C'est sans doute pourquoi je n'ai pas eu de crise d'identité. Je ne ressemblais à personne. Et personne ne voulait me ressembler ! dit-il en riant et en haussant les épaules.

Ça me dépasse. Mes amies et moi paniquons dès qu'un bouton laisse une petite cicatrice sur le front. Comment peut-il faire de l'humour avec quelque chose d'aussi triste ?

— Quand on cesse de souffrir, on peut rire de ses drames, affirme-t-il comme s'il lisait dans mes pensées.

— Puisque nous parlons bijoux, j'aurais un service à te demander.

— Avec plaisir, madame, fait-il en s'inclinant.

Il a enlevé ses bottes de pluie et noué ses cheveux. Il s'avance dans la pièce avec l'aisance d'un propriétaire. Et pourtant cela ne m'enlève pas le sentiment d'être chez moi.

Je vais chercher des ciseaux.

— Peux-tu me couper ce bracelet, s'il te plaît ? dis-je en tendant mon bras gauche.

— Ce n'est pas à cause de ce que je viens de dire que tu l'enlèves, n'est-ce pas ? Tu as le droit de porter ce que tu veux. Je n'exprimais qu'une opinion…

— Oh non ! Je sais pas pourquoi, je n'ai pas pu l'enlever avant. Mais ce soir, avec l'orage… c'est comme un besoin très fort de m'en détacher… Vas-y… Je suis superstitieuse, hein ? J'avais peur de le couper moi-même, que j'avoue en faisant la moue.

Ludovic coupe le bracelet. Est-ce que le tonnerre se manifeste aussi quand les vœux sont brisés ? Je frissonne à nouveau. Ludovic récupère mon chandail sur le comptoir et me le glisse sur les épaules. J'entends la vieille Amérindienne marmonner. Elle s'est trompée, voilà tout. Elle s'est trompée.

Pourvu que le pacte d'Adeline et de Charles-Édouard n'ait pas connu le même sort, c'est tout ce que je souhaite. C'est la seule certitude que j'ai : mon pacte d'amour est mort et je veux le leur vivant et immortel.

Nuit noire

— Donc, tu faisais ta promenade habituelle ?

— Oui, je suis venu voir la mer, dit Ludovic. J'allais rebrousser chemin quand j'ai vu la lueur des bougies dans ta chambre. Comme il n'y avait pas de voiture, je me suis attardé sous ta fenêtre, en me demandant si oui ou non je devais frapper à la porte.

— Je t'offre quelque chose à boire : thé glacé, limonade, eau ? dis-je en essayant de me défaire de la bouffée de tristesse qui a jailli quand Ludovic a coupé le bracelet.

— Ça va, Virginia ? demande Ludovic, un peu inquiet. Préfères-tu que je m'en aille ?

Je riposte :

— Pas du tout. C'est juste que le bracelet et le coton ouaté m'ont ramenée vers quelque chose de triste. Ça va passer…

— Tu as envie d'en parler ?

— Pas maintenant, si tu veux bien. Alors, va t'asseoir au salon, si tu vois assez clair, bien entendu, et j'arrive avec… une limonade ?

— Oui, limonade, acquiesce-t-il.

Je remplis nos verres à la lueur des chandelles. Elles ont presque fini de se consumer et le premier tiroir n'en contient pas d'autre. Pas de lampe à l'huile non plus dans la maison. Je vais au salon et je dépose les verres et les chandelles sur la table entre nous.

— Toi, parle-moi, dis-je en m'assoyant dans un fauteuil.

Ludovic est assis en face de moi sur le sofa. D'un seul regard, mes yeux ont accès à l'horreur et à la beauté. La vie ne nous pose-t-elle pas en équilibre sur ces deux vérités ?

Ludovic garde le silence en regardant son verre de limonade. Je plonge :

— J'aimerais savoir comment c'est arrivé, mais tu n'es pas obligé…

— Comment j'ai été brûlé ?

Je hoche la tête.

— J'avais quatorze ans. C'était la fin du mois de septembre. La maison ici était vide. Il n'y a pas beaucoup de touristes à cette période-là de l'année. Nous étions certains qu'ils étaient tous partis. Mes amis et moi, nous voulions camper sur la plage. Le but était de rester éveillés le plus longtemps possible. Jusqu'au lever du soleil. Nous avons pris quelques bières et nous avons monté la tente. Mon père m'avait prêté sa vieille lampe de camping au naphta. Je n'en voulais pas, mais il a insisté pour que je la prenne. «Ça peut toujours servir», qu'il m'avait dit...

Ludovic fait une pause, troublé. Il regarde par la fenêtre, vers la mer. Je bois une gorgée de limonade pour essayer de briser le malaise que je ressens.

— Deux des gars insistaient pour jouer aux cartes, reprend-il, alors j'ai craqué une allumette pour allumer la lampe. Il y avait un mécanisme qui était brisé dedans, proba-blement, puisque tout ça m'a sauté en plein visage, enfin sur un côté du visage, sur l'épaule et le bras...

Ludovic caresse machinalement sa joue brûlée. Mon cœur bat plus fort que la normale.

Je suis tout ouïe devant la suite. Il soupire avant d'enchaîner :

— Je me suis mis à hurler et j'ai couru vers la mer. Je suis entré dans l'eau glacée jusque par-dessus la tête. Je ne voulais plus en sortir, j'avais peur de la douleur. Je savais qu'elle serait intolérable puisqu'une simple petite brûlure nous tord le cœur dans ses moindres battements. N'en pouvant plus, j'ai laissé ma tête émerger de l'eau et j'ai perdu connaissance. Le reste, tu le vois dans n'importe quel film. Ce que l'on ne voit pas, je l'ai mis sur des toiles, comme Frida.

— Frida ?

Les chandelles s'éteignent. La nuit noire nous enveloppe. Je ne bouge pas. Lui non plus.

Ludovic me parle de Frida. Frida Kahlo. Une peintre mexicaine qui a eu le corps brisé à la suite d'un accident d'autocar. Elle souffrait atrocement. Plusieurs de ses toiles expriment la douleur dans laquelle elle vivait quotidiennement. Ludovic promet de me montrer des livres sur son travail.

Il me parle de sa mère. Après l'accident, c'est elle qui lui a enseigné pour qu'il ait son diplôme d'études secondaires, puis celui d'études collégiales en arts. Elle a fait venir de partout dans le monde des ouvrages qu'il a étudiés religieusement. À contre-courant de la vie moderne, Ludovic ne voulait rien savoir d'Internet. Jusqu'à ce qu'il décide d'obtenir un diplôme universitaire sans avoir à sortir de chez lui. Sa mère l'appuie dans tous ses projets. Elle est vouée corps et âme à l'art. Elle dit que l'art aurait pu sauver le monde si le monde avait voulu être sauvé. L'art a sauvé son fils. L'art a permis à son fils de s'écarter de la haine, du cynisme et de la révolte. Ludovic peint et il en vit. Dans tous les sens du mot vivre.

Il me parle de la mer. La mer qui l'a accueilli, apaisé. La mer qui l'a bercé dans son désespoir quand il a voulu en finir. La nuit où j'ai fait HOU ! HOU !, cette nuit-là, il s'était rendu à elle, la priant de le prendre, de mettre un terme à son calvaire. Il s'était laissé couler, emporter dans les profondeurs. Puis il avait pensé à son arrière-grand-père. Après, une lame de fond l'avait ramené à la surface, le faisant flotter contre sa volonté. Comme si des dizaines de mains l'avaient porté et l'avaient maintenu là, le ballottant au gré de l'eau, jusqu'à ce que la paix l'inonde tout entier.

Il me parle du feu. Symboliquement, le feu peut avoir une signification de purification, d'illumination. Être un rite de passage. Ludovic avait, en quelques minutes, connu le feu et l'eau. C'était pour grandir dans une nouvelle vie. Une vie délivrée de la haine, de l'envie, de la course aux biens matériels. En lui, il possédait le feu et l'amour de l'eau. Et pour être entièrement en accord avec lui-même, il avait aussi besoin de la terre. C'est pourquoi il avait choisi cette vie marginale, loin du bruit et des gens. En union parfaite avec la nature. Tout le comble : les grands froids, les chaleurs de juillet, les pluies torrentielles, les orages, les tempêtes de neige, ses jardins, mais la mer, surtout la mer.

Il me parle de la maison où nous sommes, qui est celle de son arrière-grand-père. À quel point il l'aime. Il a l'intention de l'habiter un jour. Mais, pour l'instant, sa mère est trop triste pour qu'il la laisse seule.

Je lance spontanément :

— Pourquoi elle est triste, ta mère ?

— Elle ne sait pas si mon père reviendra un jour, dit Ludovic après s'être raclé la gorge. Mon père est parti après l'accident. Il s'est senti responsable. C'était donc insupportable pour lui de me regarder en face.

Pour évacuer la peine qu'il ressent en parlant de son père, il revient à son arrière-grand-père. À son amour pour sa femme. À l'amour qu'il portait à sa maison, celle où nous sommes présentement. Il était né dans cette maison et il est mort dans cette maison.

— Comment s'appelait-il ? que je demande en remuant mon verre de limonade.

— Charles-Édouard.

Adeline et Charles-Édouard

Nos yeux se sont habitués à l'obscurité, mais je distingue à peine sa silhouette puisqu'il est habillé de noir. Par contre je vois ses mains et sa tête bouger. Si Ludovic, lui, voit ma tronche, il doit être inquiet. Je suis bouche bée, figée dans mon fauteuil. Ma main lâche mon verre, qui tombe par terre.

Je balbutie :

— Je reviens dans quelques instants.

— Tout va bien, Virginia ? Excuse-moi, j'ai trop parlé.

Je balbutie encore :

— C'est pas ça, c'est pas ça…

Je vais chercher du fromage et du pain pour cacher mon trouble. Il y a un reste de vin dans une bouteille qui traîne sur le comptoir. Je prends deux coupes dans l'armoire. Je vois assez clair pour mettre tout ça sur un plateau et revenir au salon. J'ai l'impression de vivre une nuit très importante. En tout cas, je suis bien réveillée.

Mal à l'aise, j'avoue :

— J'ai trouvé des lettres d'Adeline, dans un coffre, au grenier. Je les ai lues. Est-ce que tu m'en veux ?

Ludovic met du temps à me répondre, et puis :

— J'ai choisi de tout laisser ici, au grenier, parce que ces souvenirs ont tellement de force qu'ils peuvent, j'en suis sûr, se défendre eux-mêmes. C'était aussi le souhait de mon arrière-grand-père. Ce bagage du passé appartient à la maison. Et puis, ce n'est pas tous les jours que l'on rencontre quelqu'un qui entre en communion avec ces choses. Quand j'ai lu les lettres, j'ai été bouleversé. J'ai voulu tout savoir sur Charles-Édouard. Heureusement, ma grand-mère était encore vivante à l'époque. Elle pouvait donc me parler de son père et de sa mère. Tout cela me fascinait. J'ai eu accès à tous les souvenirs qui restaient : les lettres d'Adeline, celles d'Amélie-Amanda, les vêtements…

— Je n'en reviens pas ! que je m'exclame, encore sous le choc. Dis-moi, parle-moi de leur amour ! Adeline a-t-elle écrit à Amélie-Amanda ? Est-ce que la fugue s'est bien passée ? Sont-ils revenus ici ensuite ?

— Oh ! Oh ! dit-il en riant. Une question à la fois, Virginia ! Je parle depuis des heures ! C'est à ton tour maintenant !

— Non ! Tu dois comprendre ! Ces gens-là font partie de ma vie maintenant ! Cette maison, je l'habite chaque été depuis des années. Le grenier m'a livré ses secrets un soir d'orage. C'est ici que je gardais les cailloux qui m'ont servi la nuit où tu m'as sauvée. Je porte ces gens et cette maison dans mon cœur, Ludovic ! J'ai besoin de savoir ! dis-je d'un ton suppliant.

— Qu'est-ce que ça t'a fait de lire ces lettres, Virginia ? demande-t-il, intrigué.

— Tu ne peux pas savoir… et puis oui, sans doute que tu sais… C'était comme si je me fondais en elle, en Adeline, je veux dire, dans sa peine, comme si elle et moi ne faisions qu'un. Sa douleur s'accordait avec ma douleur, son besoin de fuir s'accordait avec

149

le mien. Nous n'étions qu'une seule et même peine d'amour, le même cri dans la froideur du monde.

Ludovic hoche la tête avant de reprendre son récit.

— Adeline et Charles-Édouard ont bel et bien réussi leur fugue. La tante de Charles-Édouard lui a laissé tout ce qu'elle possédait : l'argent, la maison, les meubles. La vente de la maison et des meubles s'est faite en quelques jours. Heureusement, car Adeline était très anxieuse à l'idée d'être repérée.

Je demande, tout énervée et, en plus, le vin me montant à la tête :

— Est-ce que le village a vraiment cru à sa mort ?

— Bien sûr ! Seule Amélie-Amanda était dans le secret.

— Ensuite ? dis-je impatiente, les fesses juste au bord du sofa.

— Ensuite, ils se sont mariés et ils sont partis très loin, au sud du Massachusetts. Charles-Édouard a trouvé un emploi dans une gare. Il ne voulait pas gaspiller l'argent de l'héritage. Et peu lui importait le travail, pourvu qu'il soit avec Adeline. Amélie-Amanda continuait d'écrire à Adeline, alors des années plus tard, elle lui a appris que son père et le notaire étaient décédés.

— Ça alors ! Une chance qu'elle avait la complicité d'Amélie-Amanda ! dis-je, surexcitée.

— En effet ! Ils ont pu revenir dans cette maison.

Ludovic embrasse la pièce d'un grand mouvement de bras.

— Adeline souffrait de rhumatismes, alors Charles-Édouard a voulu l'éloigner de l'humidité de la mer. Il a construit une maison dans les terres, celle que j'habite avec ma mère. Mais la mer lui manquait beaucoup et parfois il sortait la nuit pour venir se promener sur la berge. Quand Adeline est décédée, mon grand-père est revenu vivre ici, dans l'ancienne maison familiale.

Émue, je chuchote :

— Crois-tu qu'ils se sont aimés jusqu'à la fin ?

— Virginia la romantique… murmure-t-il avant de poursuivre d'une voix fatiguée. Ils ont eu huit enfants. Malgré leur présence, Charles-Édouard ne s'est jamais remis de la mort d'Adeline. Il errait au bord de l'eau, perdu et désemparé. Une nuit, il est parti en mer dans sa chaloupe. On ne l'a jamais revu. Il a apporté le châle qu'Adeline avait laissé sur le rivage cinquante ans auparavant. Ce châle avait été récupéré par Amélie-Amanda. Tout ce qui reste d'eux est ici dans le grenier et dans la maison que j'habite avec ma mère.

Je m'enfonce dans mon fauteuil et j'entends à peine les derniers mots, car le vin vient de me donner son coup de masse.

— Voilà. Il faudrait que je rentre maintenant, Virginia. Tu dois te reposer. Virginia?

La famille

Je sursaute quand j'entends une clé bouger dans la serrure. J'ouvre péniblement les yeux. Je les frotte et puis je vois, debout près de l'entrée, Thomas-Denys tenant la main de mon père d'un côté et celle de ma mère de l'autre. Tous les trois regardent vers le sofa. Ludovic y dort, les poings serrés sur sa poitrine.

Je m'approche doucement et je le réveille. Mal à l'aise, il saute sur ses pieds.

— Bonjour, madame, monsieur, fait-il en tendant la main. Je m'appelle Ludovic Roy-Lefrançois, je suis le fils de la propriétaire et je peux vous expliquer ma présence ici…

— Vous pouvez vous rasseoir, mon garçon, dit mon père en souriant, nous avons pleine confiance en notre fille. Alors ma puce, il paraît qu'il y a eu des pannes majeures dans le coin ?

— Oui, dis-je en m'étirant. Finalement, j'avais un peu peur et Ludovic est arrivé au bon moment. Le malheur, c'est que j'ai pris un verre de vin et aussitôt que Ludovic a dit « Voilà », à la fin de son histoire, je suis tombée endormie dans le fauteuil. Je crois bien que le vin m'assomme !

— Merci d'être resté, Ludovic, dit ma mère, un air taquin dans les yeux. Alors ! Tout le monde a faim, je suppose ! Je vais préparer le petit-déjeuner, l'électricité est revenue.

Ludovic refuse poliment l'invitation, mais mon frère s'agrippe à lui comme une sangsue.

— Est-ce que ça fait mal ? lui demande-t-il en indiquant sa joue brûlée.

Je hurle, gênée :

— Thomas-Denys !

— Non, ça va, Virginia, dit Ludovic en faisant signe à Thomas de s'asseoir près de lui. Si les adultes réagissaient comme les enfants, il y aurait moins d'hypocrisie. Non, Thomas-Denys, ça ne fait pas mal. C'est cicatrisé, tu vois. Tu as sûrement déjà eu un gros bobo et maintenant, tu ne le sens plus, n'est-ce pas ?

— Oh oui ! Une fois je suis tombé de mon tricycle et j'ai une grosse cicatrice ! Tu veux voir ? dit Thomas de sa petite voix.

Mon frère s'assoit près de Ludovic et relève une jambe de sa salopette, exhibant fièrement une boursouflure rosée sur son genou. Ensuite il va chercher ses blocs Lego et donne l'ordre à Ludovic de bâtir une maison.

— Quand je serai grand, je construirai des buildings ! Est-ce que ta maison a brûlé elle aussi ? demande-t-il en regardant Ludovic dans les yeux.

— Non, ce n'est pas ma maison qui a brûlé, dit Ludovic d'une voix douce. J'ai voulu allumer une lampe au gaz et elle était brisée.

— Comment tu t'appelles ? rétorque Thomas-Denys.

Impatiente, je lui souffle :

— Laisse le monsieur tranquille, Thomas !

Il hausse les épaules pendant que Ludovic le regarde d'un air complice.

— Alors, jeune homme, l'odeur des crêpes de ma femme vous a fait changer d'idée, hein ? dit mon père avec un grand sourire fendu jusqu'aux oreilles, en revenant de la cuisine.

Ludovic jette un coup d'œil dans ma direction, comme pour avoir mon approbation. Je hoche la tête.

— Oui, monsieur, j'avoue que l'odeur est divine ! Je reste ! dit Ludovic, un peu gêné.

Il a une patience inouïe. Sur la table du salon, il entreprend de monter une maison en blocs Lego avec l'aide de Thomas-Denys. Je l'observe à distance. Chacun de ses gestes est précis et il est totalement absorbé par ce qu'il fait. Comme lorsqu'il jardine.

J'en profite pour me rendre à la cuisine. Mon père prépare des omelettes aux champignons et ma mère, une montagne de crêpes. Ils se sont arrêtés à la boulangerie et à la ferme de Monsieur Beaulieu pour acheter du fromage et du beurre.

— Ce n'est pas ce que vous pensez ! que je leur souffle à l'oreille.

— Tu penses à quoi, toi, mon amour, tu penses à quoi ? dit ma mère d'un ton enjoué.

— Moi, je ne pense à rien, ma douce, réplique mon père, à rien du tout, et toi, ma pitchoune, hein ? Tu penses à quoi ?

Je lève les yeux au ciel, découragée, avant d'éclater de rire.

Je retourne au salon. Ludovic berce Thomas-Denys qui dort, la tête sur son épaule. Je lui chuchote à l'oreille : « Quelle famille ! »

La vraie beauté

Aujourd'hui, je visite pour la première fois la maison d'Adeline et de Charles-Édouard ! Du moins la partie qu'habite Marie-Rose, c'est-à-dire le rez-de-chaussée.

Ludovic passe devant et m'ouvre la porte. Je suis excitée comme une enfant ! J'avance doucement, je laisse mes yeux s'habituer à l'absence du soleil et puis… je reste bouche bée durant de longues secondes. La maison est envahie d'antiquités ! Je comprends pourquoi Ludovic ne m'a pas fait entrer avant. Quand on pénètre dans cette maison, inévitablement, on recule d'un pas. Avancer à nouveau nous oblige à *communier,* comme l'a si bien dit Ludovic, avec plus de cent ans d'histoire. Dans la cuisine, il y a encore la pompe manuelle pour l'eau !

Ludovic me présente sa mère, une femme simple, attachante, avec une grande tristesse au fond des yeux. Sauf quand elle regarde son fils. Il y a alors une étincelle qui jaillit.

Ludovic, lui, habite à l'étage. Ils ont chacun leurs appartements et leur atelier. Ainsi, ils peuvent vivre leur intimité et leur besoin de solitude. Comme ça doit être merveilleux de pouvoir vivre d'un art qui les passionne autant ! Certains clients achètent deux ou trois toiles et les font expédier chez eux. Un Japonais en a même acheté cinq. Toutes de Ludovic. Je l'admire de plus en plus et l'idée d'avoir à repartir pour la ville me devient insupportable. J'aimerais rester là avec eux, les regarder peindre tout l'hiver.

Tous deux respectent un horaire annuel. Aucune exposition en octobre, puisque ce mois est consacré à fermer le jardin, à la mise en pots et à la congélation des légumes. Durant la saison des petits fruits, comme ils sont trop occupés, ils congèlent fraises, mûres, framboises. En octobre, ils font les confitures avec les fruits congelés. Ludovic fait le ketchup aux fruits et la compote de pommes, pendant que Marie-Rose met en conserve les légumes du jardin. Il faut aussi rentrer les patates, les carottes, les choux et les navets dans la chambre froide. Comme j'aimerais assister à tout cela et y participer ! Durant l'hiver, Ludovic peint et continue son bac. Début juin, c'est le travail du jardin : ajouter le compost, semer, planter des fleurs. Ensuite vient la saison touristique qui apporte les revenus et une réputation d'artiste de plus en plus grande. Chaque année, Marie-Rose s'absente cinq ou six fois pour des expositions partout dans le monde. Elle apporte ses tableaux et ceux de Ludovic.

▲▼▲

Mon amitié avec Ludovic grandit de jour en jour. Nous sommes bien ensemble et nous avons développé une belle complicité. Aujourd'hui, je décide de rester plus longtemps. Les jardins ont besoin de beaucoup de soins après les jours de pluie. Après que nous avons dîné chez Marie-Rose, Ludovic me fait visiter ses appartements à lui. On peut y accéder de l'intérieur ou de l'extérieur, car il a sa propre entrée en arrière de la maison.

C'est très joli. La cuisine est petite mais fonctionnelle. Dans son immense salon, de vieilles causeuses en osier côtoient des tables chambranlantes sur lesquelles des piles de revues d'art s'accumulent. Un vieux piano trône en plein milieu de la pièce. Sur l'instrument, je remarque le portrait d'une jeune fille dans un cadre. En m'approchant, je vois même plusieurs photos de la jeune fille en question. Sur l'une d'elles, elle tient un garçon par la main, très beau, portant un jeans délavé et un t-shirt rouge. Ses cheveux blonds frisés encadrent un visage bronzé. Il sourit à pleines dents.

— C'est moi… murmure Ludovic. Avant l'accident. Mes cheveux ne blondissent plus parce que je porte un chapeau au soleil. Elle, c'est Valérie, mon ex-copine. Tu peux comprendre qu'après l'accident, elle n'a pas trop eu envie de rester…

Mon cœur se serre. Je tiens la photo entre mes mains, incapable de la remettre à sa place. Entre cet adolescent et le jeune homme qui se tient devant moi, il y a un océan de souffrances. Comme il a vieilli !

Tout respire le bonheur sur cette photo : deux jeunes gens, beaux et bronzés, habillés de vêtements colorés, sûrs d'eux-mêmes dans cette journée d'été qui n'a pas encore vu leur avenir basculer. Et pourtant, une seule chose me frappe, m'étonnant et me surprenant dans toutes les fibres de mon être : je trouve que Ludovic est plus beau maintenant ! Ce garçon sur la photo n'est pas le Ludovic que j'ai appris à connaître. C'est un étranger.

— Qu'y a-t-il, Virginia ? Tu ne vas quand même pas pleurer sur mon ancienne vie ? Remets ça là, si tu regardes trop ces photos, tu ne pourras plus me regarder en face ! lance-t-il avec du désespoir dans la voix.

Complètement bouleversée, je lui réponds :

— Si je te disais ce que je pense, là, en ce moment, tu ne me croirais pas...

— Je suis prêt à tout, vas-y, chuchote-t-il en baissant la tête.

Je l'observe. Dans la clarté du jour, ses cicatrices paraissent toujours plus rouges. La peau brûlée est luisante et, par endroits, de fines cicatrices traversent la joue. Je lève la main vers son visage, le force à se tourner vers moi. Je le caresse. Cette beauté que je viens de trouver, j'ai besoin qu'elle vive sous mes doigts, dans ma paume.

Ludovic ferme les yeux, respire profondément. Peut-être a-t-il en lui la même envie que moi : enfouir bien loin dans son cœur ce moment et ne jamais l'oublier.

J'avoue enfin, d'une voix tremblotante :

— Je voulais juste te dire que je te trouve plus beau que sur cette photo.

Quand il rouvre les yeux, des larmes roulent sur ses joues, des larmes retenues de force derrière les paupières, mais livrées impitoyablement par l'émotion.

— Va-t'en, je t'en prie, murmure-t-il en se retournant.

La fin de l'été

Je suis sans nouvelles de Ludovic depuis une semaine. Cela m'attriste, mais pour le moment je laisse aller les choses. Depuis la nuit Woolf, je ressens le besoin de suivre le courant et de voir tranquillement où il m'amène.

L'été tire à sa fin. Je vais repartir bientôt, laissant derrière moi l'adolescente qui a crié son premier chagrin d'amour et qui a laissé sa mélancolie caler au fond des eaux. Je suis maintenant capable de silence, de ce silence intérieur que l'on ne ressent qu'après avoir traversé la douleur. Je peux le rejoindre en tout temps et m'y installer, paisiblement. Mon MP3 ne me manque pas, ni la télévision. Ni les cris durant les partys, ni toute cette agitation que j'ai connue au secondaire. Comment vais-je me sentir à mon retour à la ville ? Je l'ignore. Tout ce que je sais, c'est que je porte désormais en moi le silence et la mer, l'amour de Charles-Édouard et d'Adeline, l'amitié de Ludovic. Et cela suffit à me donner une force que j'utiliserai pour aborder la nostalgie.

▲▼▲

Cet après-midi, je fais des courses avec ma mère. Après avoir eu une idée géniale, je lui demande d'arrêter dans un magasin tenu par une vieille dame chez qui l'on peut trouver autant un plat en céramique fait dans les années soixante que des t-shirts avec l'inscription *Anse-aux-Coquillages* brodée en doré. Mais ce ne sont ni les cages à homards miniatures ni les colliers de coquillages qui m'intéressent ! Outre les babioles pour touristes, elle vend aussi ce qu'il faut pour faire de l'artisanat. Je lui achète donc six balles de laine. De la belle laine du pays. Dans des tons de mer, des bleus, des verts, des turquoise. Tous les brins ensemble, ça devient la couleur des yeux de Ludovic. Je prends aussi des broches à tricoter, un t-shirt bleu sans inscription et trois petits pots de peinture pour le tissu.

En arrivant à la maison, je demande à ma mère de m'apprendre à tricoter. Je m'installe donc tous les matins au grenier pour tricoter dans la vieille berceuse qui a appartenu à Adeline. Je répète un geste qu'elle a sans doute appris elle-même de sa mère. Je suis bien, au milieu de toutes ces vieilles choses. Deux mailles à l'endroit, deux mailles à l'envers. Le foulard allonge sous mes doigts.

J'écoute le vent entamer ses chants de fin d'été à travers le vieux toit de bardeaux.

▲▼▲

Il ne reste que trois jours avant notre départ. Ma mère décide de partir à la chasse aux antiquités. Elle veut acheter une vieille horloge pour sa belle-sœur, tante Catherine, qui va bientôt fêter ses cinquante ans.

— Il me semble qu'à la Grange-aux-trouvailles, j'aurais des chances, hein, Virginia ? Bon, qui vient avec moi ? demande ma mère.

Papa lit *Je t'écrirai encore demain* de Geneviève Amyot. Pas moyen de le sortir de là, sauf pour lui moucher le nez. Chaque page le remue tellement qu'il en a sauté le dîner. À tout instant on l'entend murmurer « que c'est beau, que c'est beau, c'est incroyable tant de beauté dans un livre ».

Thomas-Denys, lui, est plongé dans l'étude de l'architecture de la maison qu'a construite Ludovic. Il ne l'a pas défaite, contrairement à son habitude de démanteler toutes ses constructions aussitôt qu'elles sont terminées.

Je m'écrie, heureuse de retourner dans ce paradis des vieilles choses :

— J'y vais ! Je conduis !

Je lui prends les clés des mains et nous partons, contentes de passer un moment ensemble. Je n'ai pas été souvent disponible ces dernières semaines, mais les moments passés avec mes parents ont été importants pour moi. J'apprends à mieux échanger sans qu'on se tiraille. Ce que j'ai vécu ici m'a apporté une certaine maturité. Il me semble que je ne suis plus en guerre contre quiconque, et être témoin de leur amour m'enrobe d'une douce chaleur. J'aime le cocon que forme notre famille.

Durant le trajet, je parle de Ludovic. Je suis intarissable. Je raconte le jardin, les poules et les canards. Je parle du calme de Ludovic, à quel point il est contagieux. Je réfléchis tout haut sur son monde intérieur en parfaite harmonie avec le monde extérieur.

— Je crois que tu es amoureuse, ma grande… dit ma mère avec un air complice.

Je rentre dans mon silence retrouver le calme de la mer. Je regarde la route en essayant d'oublier ses paroles.

Le tableau

Il est encore là. Au fond à gauche, près d'une vieille commode. Pour la première fois, je le décroche. Le cadre est vieux, il est même brisé par endroits. Brun foncé, il est composé de petites fleurs finement travaillées dans le bois et de fioritures toutes délicates. Le jeune homme est très beau et son regard amoureux me loge une flèche directement dans le cœur. Je me retiens de le serrer dans mes bras tellement je suis contente qu'il soit encore ici. Fébrile, je regarde au dos. Il n'y a rien d'écrit. La signature est illisible, la date aussi. Je n'arrive pas à le raccrocher. Entre ce tableau et moi, il y a comme un aimant.

— Ce tableau vous intéresse, ma p'tite dame ? C'est pas cher ! fait le monsieur à la barbe si longue qu'elle lui rentre dans le pantalon.

Je réplique rapidement, en soufflant sur le tableau pour enlever un peu de poussière :

— C'est sûr que c'est pas cher, ça fait des années qu'il poireaute ici.

— Cinq cents et il est à vous, lance-t-il en flattant sa barbe.

Je passe proche de m'étrangler. Cinq cents dollars ! À contrecœur, je le raccroche au mur de la grange. L'an prochain je viendrai te chercher, promis !

— C'est trop cher ! dis-je, les yeux dans l'eau, en continuant d'observer le tableau.

Mais à qui sont ces yeux ? Il ressemble à quelqu'un…

D'un ton plutôt baveux, je lance :

— Je vous en offre deux cents dollars !

Non mais quel culot, tu n'as pas un sou qui t'adore !

— Trois cents et il est à vous, c'est très vieux, vous savez ! grogne-t-il en plissant les yeux.

Je ne peux détacher mes yeux du tableau. Combien de fois l'ai-je abandonné en lui promettant de revenir le chercher ? Et pourquoi lui ? Et où vais-je le mettre ?

— Deux cents, pas un sou de plus !

Non mais t'es folle ou quoi ! Deux cents douilles, ma cocotte, ça ne se trouve pas en claquant des doigts !

Je claque des doigts pour attirer l'attention de ma mère. Elle vient à moi en souriant avec une belle horloge ancienne dans les mains, très délicate et finement ornée de petites moulures.

D'un même souffle et en joignant les mains, je dis :

— Maman, il me faut deux cents dollars, je te les remettrai, je vais me chercher un emploi en arrivant chez nous, de toute façon, à mon âge, tout le monde a un petit emploi, s'il te plaît, maman, c'est très important pour moi, ce tableau-là, ça fait des années que je le veux et on dirait qu'il m'attend, tu vois, il est encore là et puis peut-être que je le donnerai en cadeau à Ludovic, il adore les vieux tableaux, dis, maman t'as deux cents dollars oui ou non ?

— Prends le temps de respirer, ma puce ! fait ma mère d'un ton patient. C'est vrai que c'est un très beau tableau. C'est surtout un très beau jeune homme. Tu sais qui c'est ?

— Non, je ne sais pas.

Mes doigts tremblants effleurent le tableau.

« Emmène-moi, sors-moi d'ici ! »

J'agite la main pour essayer d'éloigner les mots qui dansent dans ma tête.

« Emmène-moi, sors-moi d'ici ! »

J'ai l'air de quelqu'un qui essaie de chasser une mouche.

— C'est d'accord, Virginia, c'est d'accord, tranche maman avec le ton d'une mère qui donne un biscuit à son enfant pour le calmer. De toute façon, je voulais offrir quelque chose à Ludovic. Après tout, c'est lui qui entretient la maison et avec tout ce qu'il a fait pour toi, nous lui devons bien ça.

Je lui saute au cou. Le monsieur nous le laisse à deux cent vingt-cinq dollars. C'est ma première dette et je vais l'honorer jusqu'à la fin.

Les adieux

Plus qu'une journée à l'Anse et toujours sans nouvelles de Ludovic. Je dois me rendre à l'évidence : je l'ai blessé en le touchant. Il me semble pourtant qu'un simple geste de tendresse a sa place, comme dans toute amitié. Peut-être qu'il n'a pas été touché depuis longtemps… Je songe souvent à cette caresse. À ses yeux fermés dans la lumière de l'après-midi. Mes mains gardent en souvenir la sensation exacte de sa peau, un peu rugueuse d'un côté car mal rasée, puis la texture étonnante de la peau brûlée. Une chaleur m'envahit chaque fois que j'y pense. Comme j'aurais voulu le prendre dans mes bras pour partager encore mieux ce moment-là…

Tard après le souper, je décide de me rendre chez Ludovic à vélo. Dans mon sac à dos, j'ai mes cadeaux et, sous le bras, enveloppé dans du papier brun, le tableau ancien. Je n'arrive pas à croire que je peux m'en départir comme ça, alors qu'il me fait envie depuis des années. Mais il me semble que c'est à Ludovic qu'il revient et puis, l'an prochain, je pourrai revenir ici pour le regarder. Une chose est certaine, il sera en lieu sûr!

L'auto de Marie-Rose n'est pas là. Je monte à l'étage par l'escalier extérieur. La musique est forte: *Gabriel's Oboe* de Morricone. Je m'arrête. Ma mère et moi adorons la bande sonore du film *La Mission*. J'ai vu ce film la première fois à dix ans, car ma mère m'a pratiquement attachée au sofa pour que je le regarde. Cinq ans plus tard, je l'ai revu trois fois… seule. *Gabriel's Oboe* est une pièce magnifique…

Ludovic est donc là. Mon cœur fait un bond. Puis deux. Les soirées sont déjà fraîches et j'ai enfilé le coton ouaté de la nuit Woolf. Une façon de boucler l'été et de me remémorer ma première conversation avec mon *fantôme*.

Je respire à fond et je fais une autre pause rendue en haut de l'escalier. La musique m'enveloppe. Je frappe délicatement. Pas de réponse. Mon cœur bat très fort, j'ai peur de le déranger. Je frappe à nouveau, plus fermement.

La porte s'ouvre sur une jeune femme d'environ vingt ans, très jolie. Ce n'est pas celle qui est sur la photo dans le salon de Ludovic. La musique enterre sa voix rieuse, je ne comprends rien de ce qu'elle dit. Je n'arrive pas à prononcer un mot, je redescends les escaliers en courant. J'échappe le tableau dans l'entrée, le ramasse, trébuche dans le gravier, me relève et je reprends ma course en laissant mon vélo dans l'entrée. Au bout de quelques minutes, je m'arrête.

Je vois déjà la lune, pleine, même si la nuit n'est pas encore tombée. Je m'assois par terre au bord de la route. J'écoute le chant des criquets. Le silence, en dedans de moi, s'écrase sous une mer en temps d'orage. Je suis en colère. Contre qui ? Contre moi qui ai fui comme une gamine ? Contre Ludovic, parce qu'il voit une fille ?

Pauvre conne, c'est pas parce qu'il a des cicatrices qu'il vit comme un moine !

Je marche jusqu'à la mer. Mon pas est énergique malgré les colis.

« Je crois que t'es amoureuse, ma grande… »

« Va-t'en, je t'en prie… »

Les mots se bousculent dans ma tête. J'avance rapidement, le trajet me paraît presque aussi court qu'à vélo. Je bifurque vers la pointe aux Rosiers plutôt que de me rendre à la maison. Une fois là, je m'assois dans le sable et je pleure à chaudes larmes. Je pleure en serrant tout contre moi le tableau de Ludovic.

Puis j'écoute la mer. Son chant m'apaise.

Nous retournons à Québec demain matin. Comment puis-je partir sans le revoir ? C'est impossible ! Lui téléphoner rendue chez moi ? Non ! Il vaut mieux s'expliquer face à face. Risquer de me faire dire : « Je te présente mon amoureuse » ? Oui ! s'il le faut !

Je me remets à pleurer de plus belle. La marée monte. Je me rends jusqu'au bord de l'eau. Il fait froid, le vent est humide. Je prends une grande respiration. Je tremble et le papier brun fait du bruit dans mes bras.

« Emmène-moi, sors-moi d'ici ! »

J'ouvre le papier pour regarder le tableau. Dans mon désarroi, je trouve que le personnage a les yeux de Ludovic. La mer est tout près, il me prend l'envie de jeter le tableau à l'eau. Une vague lèche mes espadrilles. Je vais me geler les pieds si je reste ici. Je remballe le tableau.

Je refais le trajet à l'envers, plus lentement. Je grelotte. Qu'est-ce que je veux au juste ? Retrouver Ludovic. Il t'avait bien dit de ne pas te faire d'idées, rappelle-toi, dès le début, il te l'a dit.

Je remonte les marches deux par deux. La musique est toujours aussi forte. C'est du Bach maintenant. Je frappe vigoureusement, déterminée à voir Ludovic. Pas de réponse ! Sont-ils au lit ou dans un quelconque moment d'intimité ? Peut-être écoutent-ils simplement la musique ? Je frappe de nouveau. Pas de réponse. Je jette un regard sur la cour et vers les jardins. Il n'y a personne.

Je tourne délicatement la poignée. Elle n'offre aucune résistance. La dernière fois que mon cœur a battu si fort, c'est quand j'ai connu Antoine. Antoine… Je peux maintenant dire son prénom sans que ça fasse mal.

Et pourtant, cette rupture n'est pas si loin. Ai-je tant vieilli en un été ?

La musique vient de la pièce du fond, probablement l'atelier. Je n'ai vu que le salon et la cuisine lors de ma visite.

Je dis, d'une voix tremblotante :

— Ludovic ?

Y a-t-il quelqu'un dans cette maison ?

— Il y a quelqu'un ?

Je m'approche doucement de la porte. J'ai l'impression d'être une intruse, mais je ne peux pas revenir en arrière. Je pars demain et tout doit se dire ce soir. Telle est ma décision.

J'ouvre la porte en serrant très fort le tableau dans mes bras. J'ai l'impression qu'il tremble lui aussi. La pièce est assez grande et très éclairée. Des néons jettent une lumière crue sur les tableaux, les pots de peinture, les pinceaux. Il y a des tableaux partout. Par terre, sur des chevalets, accrochés aux murs.

Dos à moi, Ludovic peint. Il fait mon portrait.

Retrouvailles

Je regarde Ludovic quelques secondes avant qu'il se retourne. En se rendant compte de ma présence, il ne paraît pas du tout surpris. Comme d'habitude, son calme inonde toute la pièce. Il se lève, s'avance vers moi et me prend dans ses bras. Il me serre tellement fort que le tableau me rentre dans les seins et le ventre.

« Emmène-moi, sors-moi d'ici ! »

La musique a cessé. Je n'entends que nos souffles et le bruit du papier brun à chacune de nos respirations. Mes jambes me lâchent, même si je ne suis que muscles tendus sur le tableau, cou crispé, ventre durci. Ludovic recule et j'ai l'impression de manquer d'air.

— Viens t'asseoir, Virginia, dit-il en me prenant le coude pour me guider.

Il m'aide à m'asseoir dans une vieille causeuse en cuir tout usé. Je frissonne. Il se lève, quitte la pièce et revient vite avec un gros chandail de laine et un café noir. Il les tient devant moi et je ne bouge pas. Il doit m'enlever le tableau des mains et m'enfiler le chandail lui-même. Je reprends le tableau et le serre encore plus fort contre mon cœur. Mes yeux fixent le plancher tandis que mon corps n'est que soubresauts.

— Ça va, Virginia ? demande Ludovic, inquiet.

J'essaie d'articuler, en claquant des dents :

— Oui… Je crois que j'ai pris froid…

Je bois toute la tasse de café pour me réchauffer.

Ma voix sort au ralenti, brisée par cet été de déceptions et de découvertes, brisée par la peur de perdre cet être exceptionnel, brisée par cet aveu qui me court dans les veines depuis quelques minutes : « Je t'aime, Ludovic. »

— J'ai des cadeaux pour toi. Je… il fallait que je te les donne avant de partir. Je suis

désolée pour tout à l'heure… j'ai été impo-
lie… euh… j'étais intimidée par ton amie,
ça m'a prise de court, tu vois, c'est tellement
rare qu'il y a de la visite ici… je veux dire…
enfin… quand j'y suis. Oh et puis merde,
Ludovic ! j'ai tout gâché, pardonne-moi !
Je n'aurais pas dû te toucher l'autre jour !
Pardon ! Pardon ! dis-je entre de nombreux
hoquets.

Je me mets à pleurer si fort que même la
mer doit m'entendre. Une vague d'amour
m'envahit à un point tel que je dois me
retenir pour ne pas le caresser, encore et
encore, le prier de me prendre dans ses bras
encore et encore. Il m'apporte un mouchoir
et vient s'asseoir près de moi.

— Virginia ?

— Hum… dis-je en lorgnant le
plancher.

— Virginia, regarde-moi, qu'il demande
de sa voix grave.

Il met son index sous mon menton et me
force à le regarder. Ses yeux sont pleins de
bonté. Mes larmes continuent de couler
silencieusement. Ce soir, je dois quitter
Ludovic. Et, à la dernière minute, je viens de
m'apercevoir que je l'aime.

Cette révélation explose dans mon cœur jusqu'à m'étouffer.

— Tu n'as rien gâché du tout, Virginia, murmure Ludovic, ému. Au contraire. Tu m'as donné un des plus beaux instants de ma vie. Ta main toute pleine de tendresse sur moi, c'était merveilleux. C'est parce que j'en ai été bouleversé que je ne t'ai pas revue. Tu comprends ? Dis-moi que tu comprends, Virginia.

Il enlève son doigt qui retenait mon menton et j'avoue en rebaissant la tête :

— Oui, oui je comprends, je comprends très bien…

— Virginia ?

— Hum…

— Ma cousine, elle t'a trouvée bien jolie.

— …

— Alors, on l'ouvre ce cadeau ? demande-t-il d'un air moqueur, alors que moi, je voudrais aller me cacher dans les jardins.

— Oui, tiens, j'espère que tu aimeras, dis-je en tendant le paquet qui contient le foulard.

Ludovic l'ouvre et met le foulard autour de son cou. Cela accentue la couleur de mer de ses yeux.

J'avoue, gênée :

— Je l'ai tricoté moi-même dans la berceuse d'Adeline. Et puis tiens, ça aussi c'est pour toi.

— C'est trop, Virginia, c'est beaucoup trop. Tu n'aurais pas dû, dit-il d'un air timide.

Je lui donne le t-shirt bleu. Sur le devant, près du cœur, j'ai écrit, avec la peinture à tissu et un petit pinceau très fin, la phrase de Virginia Woolf : *Je plonge tout ruisselant dans les ondes limpides de l'enfance, et son voile diaphane frissonne.*

Cette phrase nous réunit dans le temps.

— Le bleu est ma couleur préférée. J'ai pensé qu'un jour, peut-être, tu te décideras à lâcher le noir…

Ludovic aussi a un cadeau pour moi. Quand je suis arrivée, il terminait mon portrait. Je pourrai l'emporter.

Je me penche pour récupérer le tableau qui est par terre, près de la causeuse où nous sommes assis. Émue, je lui tends le paquet sans dire un mot.

Il l'ouvre délicatement. Le papier collant n'adhère plus très bien, vu que j'ai défait l'emballage. Il écarte le papier, d'un côté puis de l'autre. Le visage apparaît, magnifique, dans la clarté des néons. J'ai l'impression que l'on m'arrache une partie de moi-même et pourtant le plaisir est immense pour moi d'offrir ce tableau à Ludovic.

— Oh ! Mon Dieu ! chuchote à peine Ludovic, profondément troublé.

Il est très blême tout à coup. Ses lèvres sont blanchies par l'émotion. Il ne cesse de répéter « Oh ! Mon Dieu ! » en touchant le portrait du bout des doigts, comme si c'était un trésor retrouvé.

Je lui explique d'où vient le tableau et comment je me le suis procuré. Je lui raconte toutes les visites que je lui ai faites et les promesses de le sortir de là.

« Emmène-moi, sors-moi d'ici ! »

Un coup de tonnerre retentit. Je sursaute. Le ciel était si clair il y a une heure. Des larmes roulent sur les joues de Ludovic. Jamais je ne me serais doutée que mon cadeau aurait un effet si fulgurant.

— Virginia ? dit-il d'une voix troublée, éraillée par l'émotion. Viens avec moi.

Il me prend la main. La sienne est chaude et j'ai l'impression que c'est tout mon corps qui s'abandonne dans cette paume réconfortante. Nous sortons de l'atelier et entrons dans une autre pièce. Ludovic allume une petite lampe près de la porte d'entrée. C'est sa chambre. Comme c'est beau ! La pièce est tapissée de fines fleurs bleues et les boiseries sont à leur état naturel. Un lit en bois à tête très haute et au pied presque de la même hauteur est posé près d'une fenêtre. Deux vieilles armoires en pin touchent le plafond. Près de l'autre fenêtre il y a une table sur laquelle se mêlent une douzaine de vieux chandeliers et des encriers. À une patère sont suspendus une grande cape noire et un chapeau noir à large bord. Près du lit, un tableau représentant une jeune fille qui doit avoir à peu près mon âge. Elle a un visage rond et des fossettes. Ses yeux sont petits, presque en amande. C'est là que Ludovic me conduit, toujours par la main. Près de ce tableau. À côté, il y a un espace vide. C'est le seul espace vacant, car le mur entier est couvert de vieilles photos encadrées.

Ludovic murmure :

— Ensemble pour toujours et à jamais par-delà les mers et la mort.

Je reconnais ces mots. Comment aurais-je pu les oublier ? Ce sont les mots qu'Adeline et Charles-Édouard ont prononcés quand ils ont conclu leur pacte d'amour. Un autre coup de tonnerre éclate et je n'en suis nullement surprise. Ludovic prend le tableau que je viens d'apporter et l'installe à côté de l'autre. Il a installé un crochet il y a long-temps, attendant le jour où ces amoureux seraient enfin réunis. Je comprends pourquoi j'avais cru reconnaître ce jeune homme. Ludovic lui ressemble.

Les deux cadres sont identiques. Ludovic m'explique qu'Adeline et Charles-Édouard avaient fait peindre leur portrait durant leur séjour au Sud par un ami qu'ils avaient connu là-bas. Personne ne savait pourquoi celui de Charles-Édouard avait disparu. Était-ce durant le voyage de retour ? Mystère.

— Je n'en reviens tout simplement pas, Virginia, dit Ludovic, ébahi. Ça ne peut pas être une coïncidence, c'est impossible !

Je lui parle des mots que j'entends depuis que j'ai pris le tableau dans mes mains, « Emmène-moi, sors-moi d'ici ! », et des coups de tonnerre qui résonnaient chaque fois que je lisais les lettres d'Adeline.

Il prend mes mains dans les siennes et les tient longtemps. Nous regardons les tableaux, assis au bord du lit. Je suis bien.

Je ne sais pas depuis combien de temps nous sommes là, assis côte à côte, à regarder la lumière projetée sur les tableaux par les éclairs et à écouter les grondements du tonnerre. Le téléphone sonne. Ludovic se lève à contrecœur et répond. C'est mon père.

— Oui, monsieur… dit-il. Oui, monsieur. Oui… d'accord, oui. C'est très bien… Vous en êtes sûr ? D'accord, Frédérick. Merci.

Il rougit. Quand mon père lui dit « Appelle-moi Frédérick », il rougit. Ou peut-être est-ce quand mon père dit qu'il vaut peut-être mieux que je reste à coucher chez lui ?

Après avoir raccroché, Ludovic éteint la lampe et revient vers moi. Il s'étend sur le lit et dit : « Viens. » J'enlève mes espadrilles et je me glisse gauchement tout près de lui. L'incertitude quant à ce qui va se passer me raidit le corps. Puis, je sens la main de Ludovic qui cherche la mienne.

Un peu plus tard, sa respiration se fait profonde. Je n'ose pas bouger ni parler, mais je crois qu'il s'est endormi. Je me détends enfin et je goûte ce moment : je suis dans le lit de Ludovic.

Mes dix-sept ans

Je commence un nouveau journal. Comme je leur donne toujours un titre, celui-ci s'appellera *Mes dix-sept ans*.

J'ai eu *dix-sept* ans il y a cinq semaines. Nous étions à l'Anse-aux-Coquillages. Ludovic n'a pas su que c'était ma fête puisque c'était durant les jours où on ne se parlait pas.

J'ai commencé mes études en sciences. Mes amies ne me reconnaissent plus. Mes études comptent par-dessus tout. En dehors des cours habituels, je suis des cours en arts.

J'aurai bientôt remboursé ma dette de deux cent vingt-cinq dollars. Je travaille à temps partiel dans un magasin d'articles pour artistes. J'aime ce travail et j'ai l'avantage de payer mes produits moins cher. J'essaie de dessiner tous les jours et je crois bien que je m'améliore. J'ai commencé le portrait de Ludivine et elle a bien ri quand elle s'est vu la binette sur le papier. Mais je ne désespère pas. Quand j'ai un crayon dans les mains, je sens que la vie est importante, alors je continue.

19 septembre

Ce matin, j'ai envoyé un courriel à Ludovic et il ne m'a pas encore répondu. Je sais qu'il n'aime pas cette forme de communication, mais j'espère qu'il fera un petit effort.

J'ai gardé le chandail de laine qu'il m'a prêté. Il va être usé rapidement tellement je le porte. Maman dit qu'il faut le laver à la main et moi, je lui réponds que je ne veux pas le laver, point final.

29 septembre

Je me suis fait une nouvelle amie dans mes cours d'arts. Elle a été brûlée sur trente-cinq pour cent de la surface de son corps. Elle m'amène à des réunions où discutent et échangent des gens comme elle. Elle m'a fait connaître FLAM, une association qui vient en aide aux grands brûlés. J'ai décidé de faire du bénévolat pour eux. C'est ma façon à moi de me sentir proche de Ludovic.

30 septembre

Ludovic m'a répondu. Juste quelques mots: «Je vais bien, je suis allé dans la maison où tu passes l'été et ça m'a fait tout drôle.»

J'aurais aimé lire: « ... je suis allé dans la maison où tu passes tes étés et je me suis étendu sur ton lit. J'ai senti les draps, espérant retrouver l'odeur de ta peau. J'ai passé la nuit à t'attendre, sachant très bien que tu ne viendrais pas. Mais cette attente cruelle était si bonne à vivre. Je ne peux croire que nous resterons séparés pendant dix mois. Je passe par Québec bientôt et je t'appelle. »

Rêve, ma belle, rêve !

En attendant, il faut bien que ma vie continue. Je ne tiens pas à retrouver mes élans de tristesse d'avant. Il faut que l'amour soit une force qui grandit en dedans de moi et non une épée qui tranche la douleur.

J'ai écrit un texte au cours de français et le prof m'a dit que j'avais du talent. La semaine prochaine, on doit écrire des poèmes.

Poème pour Ludovic

Tu disais des jardins
qu'ils portent nos espoirs
et qu'il fallait apprendre
la beauté des fruits

dans ta main
le feu revient parfois
comme un ancien désir
c'est alors que tu glisses
ta peau dans l'eau fraîche
au centre de la nuit

Ma paume est un paysage
où ta joue se dépose
c'est ainsi que tu restes
au plus profond de moi
une flamme inépuisable

J'ai eu 10/10!

Ludivine a un amoureux! Un gars super gentil qui s'appelle... Léonard! Ils font tellement un beau couple! Quand je les vois se bécoter, ça me fout le cafard, mais je suis si heureuse pour Ludi!

20 décembre

Le temps passe très vite. Avec toutes mes occupations, il ne me reste du temps que pour dormir. Noël s'en vient avec son lot de nostalgie. L'an dernier, j'étais avec Antoine et ça a été le plus beau Noël de ma vie.

À part celui où j'ai eu ma Barbie Princesse... Hi! Hi! Hi!

14 février

Quelle journée terrible que cette fête des amoureux! Consomme! Consomme!

196

À quand un geste d'amour plutôt qu'une facture salée au restaurant? Au cégep, il y a plein de filles qui vont prendre un bain moussant avec leur amoureux ou se faire donner un massage à l'huile aux fraises ou au melon. Je trouve ça niaiseux.

Moi, tout ce que j'aimerais, c'est mettre ma main sur une joue brûlée...

4 mars

Reçu courriel de Ludovic: «Salut à toi, bientôt la fin de l'hiver, je vais bien. Et toi?»

Décidément, son cas ne s'arrange pas. J'ai pris la décision de ne plus lui envoyer de courriels, je ne sais même pas s'il les lit. Et puis, comme ça, j'élimine l'attente...

28 avril

Je suis exténuée! Et terriblement amoureuse! La distance n'amoindrit pas mes sentiments, au contraire. Je suis entièrement habitée par Ludovic. C'en est décourageant...

Je comprends maintenant la différence entre les sentiments que j'ai éprouvés pour Antoine et ceux que je ressens pour Ludovic. Avec Antoine, on aurait dit que les sentiments venaient de l'extérieur. Je ne sais trop comment exprimer ça... On était heureux parce qu'on allait voir tel film, parce qu'on faisait telle ou telle activité avec des amis... Comme si le bonheur venait d'ailleurs que de nous-mêmes. Avec Ludovic, l'amour part de son être et vient se loger dans mon être. C'est intérieur. En tout cas... je me comprends...

17 mai

Cet été, B part en appartement avec son amoureux. La vie passe trop vite! Il me semble que nos chicanes d'enfants, c'était hier!

Ludivine s'est chicanée avec son Léonard, alors elle a couché ici. Nous avons passé une partie de la nuit à parler de nos amours. Elle ne comprend pas que je garde vivant un amour qui est peut-être sans espoir. « Tout ce temps perdu, m'a-t-elle dit, alors que tu pourrais sortir, rencontrer plein de gars intéressants... » J'ai répliqué qu'avoir le coeur rempli d'amour pour un être comme Ludovic, ça ne me faisait pas perdre mon temps. Le temps est plein de lui, alors je ne sens pas de vide à combler par des sorties ou autres choses. Peut-être que c'est ça, la profondeur...

Ludovic, tu me manques...

22 mai

Mes parents font la réservation par Internet pour la maison de l'Anse... Ça me

stresse de penser que je vais me retrouver
face à Ludovic après tous ces mois...

23 juin

J'avais dit à mon patron que je voulais
deux semaines de vacances fin juin, mais
comme Émilie est malade, il ne peut pas me
les donner. Je suis tellement frustrée!

Il me semble que je pourrais vivre des
histoires d'amour normales pour une fois.
Mais non! Je tombe sur un hurluberlu
d'un autre siècle qui n'envoie presque pas
de courriels et qui n'aime pas parler au
téléphone! C'est tellement facile de nos
jours, communiquer.

Sauf avec Ludovic Roy-Lefrançois!

24 juin

Mes parents sont partis... Maman me
laisse les clés de sa voiture.

10 juillet

J'appelle à l'Anse-aux-Coquillages tous les deux jours. Mes parents n'ont vu ni Ludovic ni sa mère. Je leur ai demandé d'aller faire un tour à la Galerie, mais ils trouvent ça gênant... Coincée ici, je me sens tellement impuissante. Tous les soirs, des questions viennent bourdonner à mes oreilles. Où est-il? Est-ce que mon histoire d'amour s'arrête là ou si elle est un cheval sauvage qui attend une main caressante?

Le retour à l'Anse

C'est la deuxième fin de semaine de juillet, je suis en congé et je prends la décision de me rendre à l'Anse-aux-Coquillages. Le voyage se passe bien. C'est la première fois que je fais un si long trajet toute seule. J'ai le temps de penser à Ludovic, à mes sentiments pour lui. Je l'aime ! C'est la seule certitude que j'ai depuis ce moment où il m'a prise dans ses bras. Je l'aime et je suis prête à me battre pour cet amour, comme l'ont fait Charles-Édouard et Adeline.

Les dernières minutes de route me paraissent une éternité. J'aperçois enfin la côte qui mène à la maison. Rien n'a changé.

Moi, j'ai changé. Je vais avoir dix-huit ans dans quelques jours. J'ai ce petit quelque chose dans le regard qui fait de moi une adulte. Est-ce dû à l'amour profond que je porte à Ludovic, cet amour qui n'a rien à voir avec ce que j'ai ressenti pour Antoine ? Peut-être…

La mer me paraît encore plus belle qu'avant. Je saute hors de la voiture et je vais trouver mes parents sur la plage. Comme ils sont beaux tous les deux ! Thomas-Denys grimpe dans mes bras et m'embrasse partout dans le cou.

Je monte vite à ma chambre, espérant y trouver un petit mot caché quelque part par Ludovic. Je regarde partout, dans les tiroirs, entre les draps et même sous le lit. Rien.

Déçue, je grimpe au grenier. Le soleil pénètre la pièce par les petites fenêtres et fait deux rais dans lesquels danse la poussière. Je me rends au fond de la pièce et retrouve tous les souvenirs intacts. Je me berce quelques minutes, dans ce lieu qui pourrait apaiser mon agitation, mais je n'arrive pas à me calmer. Je redescends, impatiente de me rendre chez Ludovic.

Je prends une douche et me change. Il fait très chaud dehors. J'emprunte le vélo de mon père et je pars à toute vitesse. Dans les yeux de mon père, j'ai vu de l'inquiétude. Est-il au courant de quelque chose ? Ou est-ce la peur que j'aie de la peine ?

La sueur coule dans mon dos. Je prépare des phrases, les annule, les reprends. Et puis merde ! Je verrai bien ce qui se passera !

Dix minutes plus tard, je gare le vélo dans l'entrée des Roy-Lefrançois. L'auto de Marie-Rose est là et il y a deux autres voitures. Des touristes, je suppose. Je suis nerveuse, anxieuse, mon cœur veut sortir de ma poitrine. Je jette un coup d'œil aux toiles sur la véranda. Curieusement, celles de Ludovic me paraissent moins noires, moins sinistres. Je pousse la porte du magasin en tremblant. Marie-Rose parle avec des touristes. Elle me fait un signe de la main. Après leur départ, elle me prend dans ses bras et me serre très fort. Je suis émue. Les larmes me viennent aux yeux.

— Virginia ! Comme c'est bon de te voir ! Viens, ma chérie ! dit-elle, toujours aussi accueillante.

On traverse le magasin et on passe à la cuisine. Il y a un signal qui retentit quand quelqu'un entre dans la galerie, alors Marie-Rose peut s'éloigner.

Ça sent bon. Un mélange de tarte aux fraises et de fleurs. Marie-Rose m'offre une limonade que j'accepte. Pendant qu'elle va au frigo, je m'étire le cou pour voir dehors. Il n'y a personne. Je me lève et, n'y tenant plus, je me dirige vers la véranda arrière. Le spectacle est aussi éblouissant que la première fois. La vigne envahit tout et les fleurs poussent sauvagement un peu partout. Mon regard se porte au loin, mais je ne vois personne dans le jardin.

— Veux-tu que nous allions sur la galerie, Virginia ? demande Marie-Rose.

— Oui, je veux bien, dis-je, impatiente.

Vais-je attendre longtemps encore la venue de Ludovic ? Cette attente est trop atroce. Je me jette à l'eau.

— Marie-Rose, est-ce que Ludovic est là ?

Une lueur de déception passe dans ses yeux. Peut-être pensait-elle rester loin du sujet encore un peu. Elle prend une profonde inspiration, une gorgée de limonade et répond enfin :

— Non, ma chouette, il n'est pas là. Il est au Japon pour une période indéterminée. Tu te rappelles ce monsieur qui a acheté plusieurs tableaux l'été dernier, Monsieur Kosugi ? Il a invité Ludo là-bas. Ils ont monté une énorme exposition. C'est la première fois que Ludo s'éloigne depuis l'accident. Il avait vraiment envie de s'impliquer dans ce projet.

Je crois surtout qu'il ne voulait pas me voir cet été. HOU ! HOU ! Tu ne penses pas que tu devrais être contente pour lui au lieu de jouer à la victime ?

— Tu sais, Virginia, je crois que c'est grâce à toi qu'il est allé là-bas. Tu as mis de la lumière dans sa vie. Ton amitié compte beaucoup pour lui.

Les minutes suivantes me paraissent fades et sombres malgré ces mots, malgré le soleil. Je n'entends rien des mots que Marie-Rose prononce. Je ne fais que hocher la tête. Anéantie, je me demande ce qui se passe avec mes amours. Antoine est parti pour Vancouver et il a choisi de m'oublier et

Ludovic s'en va au Japon en sachant que je m'en viens.

Et l'amour? Pourquoi ne choisissent-ils pas l'amour?

Je prends congé de Marie-Rose, car je n'ai qu'une envie: rentrer à la maison et pleurer tout mon soûl. Moi qui voulais me battre pour cet amour, je dois capituler devant l'absence.

J'enfourche mon vélo. Au moment de prendre la route, je vois la mère de Ludovic arriver en courant.

— Virginia! Virginia! J'ai oublié de te dire ceci: il est parti avec ton foulard et ton t-shirt! dit-elle, essoufflée.

Je retournerai à Québec avec cette mince consolation.

L'aveu

Début août, mes parents me convainquent d'aller fêter mon anniversaire avec eux. Ils vont quitter l'Anse-aux-Coquillages plus tôt, cette année, afin de repeindre l'extérieur de la maison de Québec. Je prends donc de petites vacances avant le retour au cégep. Je passerai deux jours avec mes parents et quelques jours seule. Je refuse de céder au désespoir, même si l'absence de Ludovic me fait mal.

Nous fêtons mon anniversaire. J'ai dix-huit ans ! Mon père m'offre une bouteille de vin et propose que nous allions la boire sur la plage. Je m'endors quasiment dans ses bras après deux coupes. Décidément, le vin est un vrai somnifère ! Ma mère et mon père me transportent jusqu'à mon lit et me bordent comme quand j'étais petite. Ce n'est pas parce que l'on devient adulte qu'il faut perdre tous les privilèges de l'enfance !

Je me réveille durant la nuit. Je me lève et je vais à la fenêtre. J'espère voir une silhouette noire se découper sur l'horizon. Mais il n'y a personne.

Le lendemain, je me résous à appeler Marie-Rose. Elle n'a pas eu de nouvelles depuis un bon moment. Elle ne sait pas quand Ludovic revient.

Mes parents retournent à Québec. Ça me fait tout drôle de les accompagner jusqu'à leur voiture et de leur envoyer la main.

Le frigo est plein et le chalet est payé jusqu'à la fin du mois. Je me repose et je lis tous les livres que je m'étais promis de lire durant l'été. Je continue l'écriture de mon journal et je marche sur la plage. Je peux même me baigner puisque le mercure monte à vingt-huit degrés. Pour le mois d'août, c'est exceptionnel.

Ludovic me manque. Je ne le verrai sans doute pas cet été. Quand alors? C'est cette question qui me hante. J'ai même osé demander à Marie-Rose s'il avait une petite amie. Elle m'a répondu non.

Le retour au cégep approche et je n'ai pas envie de quitter l'Anse. Je commence pourtant à faire le ménage de la maison. Puis une partie de mes bagages. Tout est lourd, mon cœur, mon âme, tout ce que je prends dans mes mains. Toutes les nuits, vers deux heures, je me réveille et je regarde par la fenêtre.

▲▼▲

C'est la dernière nuit, je me réveille plus tôt, vers une heure. La nuit est très noire, le ciel voilé de gros nuages sombres. Soudain une tache claire attire mon attention. Quelqu'un marche sur la plage. Ludovic n'est donc pas le seul à errer dans la nuit. Déçue, je retourne me coucher. Je suis incapable de me rendormir.

Une heure plus tard, je me relève. La personne est toujours là. Je n'aime pas ça. Pourquoi faut-il que ça arrive quand je suis seule ici ? J'allume une chandelle et je la mets sur le rebord de la fenêtre. La silhouette s'approche. Mon cœur bondit, j'éteins vite la mèche et je me tiens de côté afin que la personne ne me voie pas. Ai-je bien verrouillé la porte ? Est-ce que les fenêtres sont fermées au rez-de-chaussée ? Puis j'entends une voix familière crier mon nom. Je reviens devant la lucarne.

Je n'en crois pas mes yeux : Ludovic est là, près de la plate-bande de roses, et il porte un t-shirt blanc ! Mon cœur veut exploser, je m'accroche au rebord de la fenêtre pour ne pas tomber tellement mes jambes sont molles.

— Je voulais que tu me voies dans la nuit noire ! Regarde, en dessous, j'ai le t-shirt bleu que tu m'as donné ! crie-t-il d'un ton enfantin.

Je descends très vite de ma chambre. J'ouvre la porte et je me précipite dans ses bras. Ils se referment sur moi et je me fous de tout ce qui n'est pas cet instant magique.

— Ma mère m'a dit que tu étais seule ici. Je suis arrivé tard en soirée, dit-il de sa voix troublante, en reculant.

Je joue avec mon pyjama, comme une petite fille timide. Mes pieds nus foulent le sol et j'aime cette sensation sous mes pieds. Nous allons nous asseoir par terre près des rochers où je l'ai vu la première fois. Je m'amuse à lui raconter ce moment de notre histoire.

Un an ! Un an depuis la dernière fois que je l'ai vu ! Tout ça me semble à la fois lointain et proche.

Je demande d'une voix tremblante :

— Et alors, ton expo au Japon ?

— Un franc succès, je dois dire ! J'ai presque tout vendu et ce qui restait, Monsieur Kosugi l'a acheté. Le Japon est un pays particulier… il y a beaucoup de moments… sacrés. Je t'en reparlerai quand je n'aurai plus l'esprit bousillé par le décalage horaire !

Anxieuse, je demande :

— Pourquoi tu n'as pas écrit plus que quelques mots, Ludovic ?

— Je n'aime pas communiquer avec des machines. Tu sais, Virginia, depuis quelques années, j'ai cessé de m'accorder avec le tumulte du monde. J'ai choisi de vivre autrement. Plusieurs fois, j'ai voulu t'écrire une lettre, mais je me suis ravisé. Et puis, cet hiver, il y a eu des retrouvailles avec mon père et ça m'a demandé beaucoup…

— C'est merveilleux ! C'est pour ça que ta mère semble moins triste ! dis-je.

— Oui, elle est très heureuse. Elle et mon père ont recommencé à se voir graduellement. Et toi ? Quand recommences-tu les cours ?

— Après-demain, que je murmure en baissant la tête.

C'est trop court, trop court quelques heures avec lui !

— Que comptes-tu faire après le cégep ? demande-t-il.

— Je vais faire ma médecine. Je voudrais être chirurgienne. Peut-être me spécialiser en chirurgie de reconstruction pour aider les gens qui ont des blessures graves ou des brûlures. J'ai une amie qui a subi sept chirurgies majeures. Il y a des progrès énormes dans le domaine de la reconstruction de tissus humains par génie tissulaire et tout ça m'intéresse énormément.

Il regarde vers la mer. J'ai envie de me glisser dans ses bras, de caresser son visage. J'ai envie de ne plus jamais partir d'ici. J'ai envie de passer aux aveux.

— Ludovic?

— Oui?

— Tu m'as manqué, tu sais…

Ma voix est cassée. Elle veut crier l'amour, mais retient ses élans.

— Tu m'as manqué aussi. Même au Japon tu me manquais. C'est le pouvoir de l'amitié. Ça reste fort malgré la distance. Virginia… je suis très fatigué.

Il se lève, met ses mains dans ses poches et fait quelques pas sur la plage. Puis il se retourne et me souhaite bonne nuit. Je fais de même.

Je retourne vers la maison. J'ai l'impression d'être dans un mauvais film ou au mauvais moment dans un mauvais rêve. Ludovic m'échappe. Il m'échappe et je ne fais rien. Demain je reprends la route pour la ville. Il viendra sans doute me dire bonjour et nous nous perdrons de vue encore un an. Une vague me submerge des pieds à la tête. Une vague qui me gonfle les veines et le cœur. Une vague d'amour, puissante, enragée, dévastatrice.

Je me mets à courir en retenant la culotte de mon pyjama – ce foutu élastique est fini ! –, je cours pour le rattraper avant qu'il ne prenne le chemin qui l'éloigne de la mer.

Ludovic est assis à l'endroit exact où il a jadis écrit les mots de Virginia Woolf. Il joue dans le sable avec ses doigts.

Adeline… aide-moi… J'ai si peur de lui dire que je l'aime, j'ai si peur qu'il ne veuille plus me voir.

Maladroitement, je murmure :

— Ludovic… je… je ne te l'ai jamais dit mais euh… je… j'ai ton crayon, tu sais, celui que tu as laissé ici ce soir-là… euh… voilà !

Idiote ! Idiote ! Bats-toi ! Pense à Adeline et à Charles-Édouard ! Fonce ! Fonce !

— Tu es très belle dans ton pyjama. Et je m'en fiche, du crayon…

Je prends une grande inspiration :

— Ludovic… je t'aime.

Voilà. C'est dit. Les étoiles peuvent pâlir, le ciel se voiler à jamais, la mer se taire pour l'éternité. C'est dit et ma vie se joue là, près de ce rocher où je l'ai vu disparaître.

Il ne répond pas. Il ne dit rien. Il regarde la mer.

— Ludovic, j'ai dit « Je t'aime ». Je t'aime, Ludovic. J'aime ta vie, ton œuvre, ta maison, ton sourire, tes larmes, ta peau, je t'aime, j'aime les maisons que tu fais en blocs Lego, ta façon de jouer dans la terre, de nourrir les poules, de me tenir la main, j'aim...

— Je t'aime aussi... murmure-t-il.

Je cesse de tortiller mon pyjama. Ai-je bien entendu ? Ai-je entendu « Je t'aime aussi » ou d'autres mots, ceux qui font mal ? Je marche à reculons vers la mer, j'ai chaud, ma poitrine peut s'ouvrir à n'importe quel moment, pour l'amour ou la peine. Puis, je change de direction et je me mets à courir vers la maison, incertaine de tout, de la nuit, de la mer, de ma vie.

— VIRGINIA, JE T'AIME ! JE T'AIME ! REVIENS !

L'avenir

La nuit est noire et pourtant, dans mon cœur, il y a plein de feux d'artifice. Tout explose en même temps : mon amour, l'amour de Ludovic, les chemins étranges de la vie. Je suis dans ses bras et de grandes percées de lumière m'envahissent le corps.

Nos aveux se bousculent. Nous remontons le temps pour nous avouer un sentiment, une sensation, nos incertitudes, nos peurs. Je lui parle de la fameuse cape de l'été de mes onze ans. Est-ce la même que celle que j'ai vue sur la patère dans sa chambre ?

— Le premier été, raconte-t-il, je me suis pris pour le fantôme de l'opéra. Je ne sortais pas de chez moi durant le jour. J'avais fabriqué cette cape et trouvé un vieux chapeau noir dans les souvenirs de Charles-Édouard. Je mettais aussi un masque sur mon visage. C'était ma façon à moi de transformer mon cauchemar. J'aimais errer sur ces berges. J'ai souvent pensé que c'était mon arrière-grand-père qui me faisait signe. Il est là-bas, quelque part dans la mer. Peut-être est-ce nous qui inventons ces appels du passé, pour nous donner des certitudes, je ne sais pas... Toi, tu as entendu une voix, tu étais attirée par ce tableau et ce tableau devait revenir ici. Est-ce que tout cela tient du hasard ? Maintenant que ces tableaux sont réunis, entendrons-nous encore ces appels ? Je ne sais pas...

Mes doigts jouent dans ses cheveux. Je suis totalement en paix avec moi-même, profondément inscrite dans ce moment de pur amour.

— Je t'aime tant, Virginia, je t'aime tant. Je n'en pouvais plus de le cacher. Mais je n'étais pas sûr de tes sentiments, je veux dire, de la profondeur de tes sentiments... Nous aurons tant de choses à nous dire, mon amour, tant de choses à essayer de comprendre. Nous commencerons par cette phrase de Virginia Woolf, par les nuits où j'aurais voulu te parler, te connaître, par ce dessin que tu as fait de moi, le foulard bleu que j'ai porté même s'il faisait chaud, il sentait bon, il sentait toi, mon amour, à commencer par toutes les lettres du grenier que nous lirons ensemble, quelques cailloux de cette nuit-là que j'ai conservés…

Je demande, heureuse :

— Ludovic, qu'allons-nous devenir ?

— Ce que nous voulons vraiment, répond-il. Si c'est être ensemble, tu peux habiter cette maison et étudier près d'ici ; si c'est du temps pour ne pas te sentir brusquée, tu retournes chez tes parents avec la certitude d'un amour plus grand que les mers ; si tu veux que j'aille te voir toutes les fins de semaine, ce sera ça. Nous ferons ce qu'il faut pour garder cet amour vivant. C'est tout ce qui compte, garder cet amour vivant.

Ludovic me serre fort dans ses bras.

Je pense à mes parents, à leur amour si fort. Je pense à Adeline et Charles-Édouard. Est-ce que ce sont eux qui nous ont réunis ou est-ce une succession de hasards et de coïncidences ? Est-ce que je portais en moi cette phrase de Virginia Woolf comme un appel à Ludovic qui la portait aussi ? Je ne sais pas. « Il faut bien qu'il reste certains mystères », comme a déjà si bien dit Ludovic. Et puis j'ai bien le temps de répondre à tout cela. Ma vie ne fait que commencer. Je ne suis qu'au début des questionnements.

C'est encore l'aube qui nous retrouve. Comme la première fois. Nous regardons le soleil rougir la plage. Je mets ma main dans celle de Ludovic. Et nous sommes sûrs d'entendre deux voix murmurer : « Ensemble pour toujours et à jamais, par-delà les mers et la mort. »

Fiches d'exploitation pédagogique

Vous pouvez vous les procurer sur notre site Internet
à la section jeunesse / matériel pédagogique.

www.quebec-amerique.com

GARANT DES FORÊTS
INTACTES

L'impression de cet ouvrage a permis de
sauvegarder l'équivalent de 12 arbres de 15 à
20 cm de diamètre et de 12 m de hauteur.

Achevé d'imprimer au Canada
en février 2009
sur les presses de Imprimerie Lebonfon Inc.